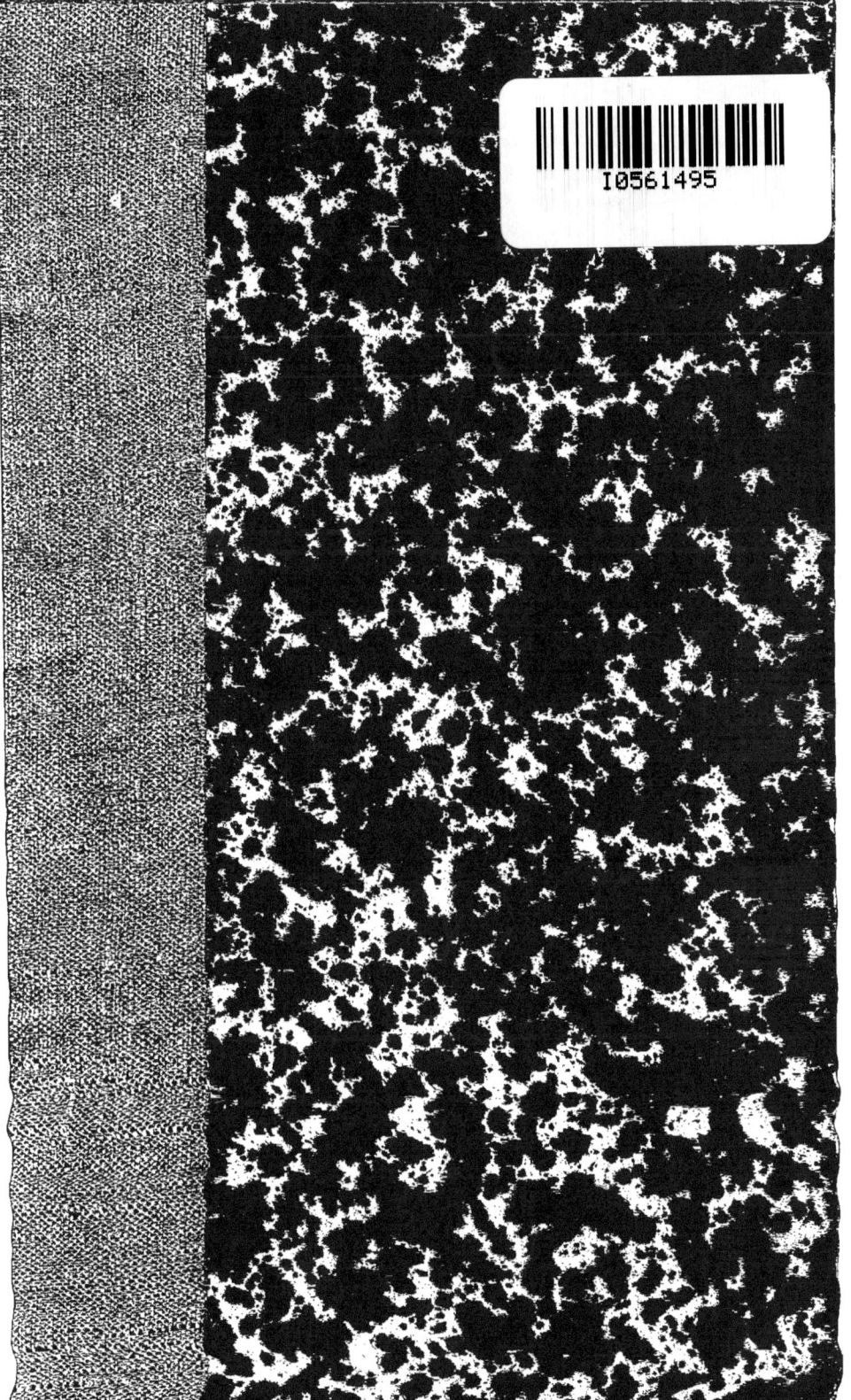

VOYAGE

A TRAVERS LA MAISON

PAR

8313

GRANGEON

Illustrations par GILBERT, MOREL, A. MARIE, Etc.

PARIS

LIBRAIRIE CH. DELAGRAVE

15, RUE SOUFFLOT, 15

DE LA

CAVE AU GRENIER

SOCIÉTÉ ANONYME D'IMPRIMERIE DE VILLEFRANCHE-DE-ROUERGUE
Jules Bardoux, Directeur.

DE LA

CAVE AU GRENIER

EXCURSION ENFANTINE A TRAVERS LA MAISON

PAR

MME GRANGEON

Illustrations par GILBERT, LIX, ADRIEN MARIE, MOREL, etc.

PARIS

LIBRAIRIE CH. DELAGRAVE

15, RUE SOUFFLOT, 15

1886

DE LA
CAVE AU GRENIER

DÉCEPTION

— Bon ! me voici prêt : avec mon grand chapeau, mes blanches guêtres, ma boîte à herboriser
en bandoulière, mon petit bâton ferré à la main
et l'humeur trottineuse que je sens frétiller dans
mes bottines, il n'est pas, j'en suis convaincu,
dans toute la France et la Navarre un touriste
plus disposé que moi à arpenter le monde. Aussi,
gare au scarabée miroitant au soleil ! gare à la
plante coquette se balançant sur mon chemin !
aujourd'hui je serai sans pitié dans ma razzia.

— Que parles-tu de plantes et de soleil, mon
pauvre Maurice, quand il pleut à ne pouvoir
même mettre le bout de son nez dehors ?

Regarde plutôt !... Ne dirait-on pas qu'un
mauvais génie n'a balancé la pluie toute la ma-
tinée dans son indécision que pour la précipiter
comme une folle, juste au moment de notre dé-

1

part ? Elle eût été généreuse d'attendre au moins notre retour. Moi qui avais si bien taillé mon crayon pour prendre notes et croquis !...

— Oui ! c'était bien la peine, vraiment, de griller d'impatience pendant huit grands jours pour n'aboutir qu'à une déception !... disaient au seuil de leur salle d'étude, et tout consternés, les trois charmants enfants du docteur L*** : Maurice, espiègle de treize ans ; Marie, dans toute la gravité de son quinzième printemps, et Marthe, la brunette, qui voyait mai fleurir pour la dixième fois.

L'institutrice, jeune personne pleine de distinction et de savoir, partageait la déconvenue de ses élèves : ce contre-temps subit anéantissait le projet d'une promenade dans la campagne, où elle s'était proposé de prendre la nature sur le vif pour l'enseignement de ses élèves. Tout à coup une idée lumineuse lui traverse l'esprit.

— Non, non, mes chers enfants, vous n'aurez point de déception, leur dit-elle ; vos progrès devaient être récompensés par une excursion : donc envers et contre Madame la pluie nous ferons une excursion ; seulement, comme nous n'avons envie, ni les uns ni les autres, de subir le contact de cette majesté mouillée, nous allons tout bonnement changer notre itinéraire. Au lieu de diriger notre expédition à travers champs, nous ferons résonner nos pas à travers la maison, tant et si bien que tous ses échos rediront à l'envi notre intrépidité et notre hardiesse d'explorateurs.

— Dans la maison ! Mademoiselle ? dit Marthe, en allongeant dans une moue mutine ses deux lèvres rieuses ; dans la maison ! mais il n'y aura ni papillon à poursuivre, ni fleurs à cueillir pour faire un bouquet à maman, ni rien que ce que nous voyons constamment : des meubles, des ustensiles, du linge... voilà !...

L'INSTITUTRICE. Pauvre chère mignonne ! c'est vrai : vous serez privée, aujourd'hui, d'offrir à votre mère de gracieuses fleurettes champêtres, qui lui parleraient du cœur de sa petite Marthe ; mais croyez-vous que, parce que notre promenade sera bornée à un espace restreint, elle sera moins intéressante et moins agréable ?

MARTHE. Vous savez rendre tout agréable, Mademoiselle, mais j'aurais tant aimé courir !...

L'INSTITUTRICE. Eh bien ! chère enfant, si c'est là un de vos désirs, vous allez pouvoir le satisfaire tout à votre aise, avec l'avantage de ne pas fatiguer vos jambes ; car c'est votre intelligence ou plutôt deux de ses filles, bien vives chez vous, la mémoire et l'imagination, qui vont être les deux grandes voyageuses. Que de directions elles vont prendre ! Que de montagnes, de fleuves, de mers elles vont franchir pour glaner quelques épis sur toute la surface du globe, dans l'immense domaine de la science !

Mais, avant de nous mettre en route, expliquez-moi, Maurice, ce que c'est qu'une maison.

LA MAISON

MAURICE. Une maison, Mademoiselle, c'est une construction en pierre ou en terre et en bois, qu'une ou plusieurs familles habitent pour se mettre à l'abri du froid, du chaud et de la pluie.

L'INSTITUTRICE. C'est cela, mais comment la fait-on cette maison? Il vous est bien arrivé quelquefois de voir des maçons travailler... expliquez-nous leurs procédés.

MAURICE. On choisit d'abord un terrain; cela fait, on creuse tout autour un grand fossé et, dans ce fossé, on commence à bâtir avec des pierres et de la chaux mises en mortier des murs solides. Quand ces murs sont élevés jusqu'à la hauteur voulue, on les couvre d'un toit composé de grosses poutres, de solives, de planches et de tuiles enchevêtrées; ensuite, depuis la cave jusqu'au grenier, on arrange tout l'intérieur de la bâtisse aussi commodément, aussi gentiment qu'on veut.

L'INSTITUTRICE. Et surtout le plus sainement possible. C'est pour cela que l'architecte, c'est-à-dire celui qui donne les plans d'une maison, y fait percer de larges et nombreuses fenêtres pour y faire circuler l'air et la lumière à profusion.

MARTHE. Oh! c'est si bon un rayon de soleil qui vient vous caresser le matin, dans votre lit!

MARIE. Et l'air frais, donc, qui entre sans cérémonie dans votre chambre dès que vous ouvrez la fenêtre et qui vous rend les joues toutes roses et met vos poumons si à l'aise!

Une maison est une construction en pierre...

L'INSTITUTRICE. Les poumons à l'aise! voilà la première condition de l'existence! car vous savez, n'est-ce pas, mes enfants? qu'on ne peut pas vivre sans respirer et que ce sont les poumons qui sont les organes de cette fonction.

Mais, qu'est-ce qu'on y introduit par la respiration, Maurice?

MAURICE. De l'air, Mademoiselle, qui est une grande quantité de gaz mélangés, enveloppant la terre d'une couche très épaisse, sous le nom d'atmosphère.

L'INSTITUTRICE. Préci sément ; et ces gaz, si salutaires quand ils sont purs, peuvent devenir des poisons très violents s'ils ne sont pas renouvelés dans une habitation, tout au moins s'ils ne le sont pas suffisamment, et produire des maladies contagieuses.

Savez-vous, Marthe, ce que c'est que des maladies contagieuses ?

MARTHE. Ce sont celles qui peuvent se communiquer facilement, Mademoiselle, comme la petite vérole, la fièvre typhoïde, etc.

L'INSTITUTRICE. Oui, et le choléra ! et la peste et la lèpre, qui firent de si grands ravages même dans notre France, au moyen âge !

MAURICE. Oh ! les lépreux, ils causaient tant de frayeur qu'on les chassait de la société, avec défense de s'approcher des villes sous peine de mort !

MARIE. C'était bien cruel, cela, de priver ces malheureux de secours et de consolations ! ce ne sont pourtant que ceux qui souffrent qui en ont besoin...

L'INSTITUTRICE. C'est qu'alors la charité n'avait pu encore créer toute sorte d'asiles pour abriter toutes sortes d'infortunes et les médecins n'étaient ni habiles ni nombreux ; on était donc forcé d'assurer la santé publique par tous les moyens que l'on croyait sages, quelque durs qu'ils fussent.

Carlo Mouren

La peste qui fit de si grands ravages... (Scène de la peste de Florence.)

Quel est celui d'entre vous qui va me dire comment étaient bâties les villes, à cette époque lointaine?

MARIE. Elles étaient toutes complètement entourées de hautes murailles, percées ordinairement de quatre grandes portes pour qu'on pût entrer et sortir de la ville; on les ouvrait tous les matins et on les fermait tous les soirs.

Vous avez vu des maçons travailler...

MAURICE. Oui, parce qu'en ce temps-là les guerres étaient continuelles et qu'on prenait toutes ses précautions contre l'ennemi.

L'INSTITUTRICE. C'est vrai; aussi pour ne pas avoir de trop longues murailles à construire et à défendre à l'occasion, les villes se faisaient petites, serrant les unes contre les autres leurs maisons éclairées par de rares et étroites fenêtres, dans des rues si peu larges que, parfois, deux toits opposés étaient près de se joindre.

Toute sorte d'immondices encombraient ces rues, souvent non pavées, et leur décomposition achevait de corrompre un air déjà vicié par sa concentration permanente, au grand détriment de la santé publique.

Voilà les causes principales auxquelles se rattachent ces fléaux épouvantables qui désolèrent, jadis, notre cher pays; ce qui prouve que l'aération est indispensable à tout lieu habité.

Et vous, petite Marthe, vous avez bien raison d'aimer à voir le soleil jouer sur votre oreiller ! car n'est-il pas, lui-même, un des grands principes de la vie animale et végétale?

MARIE. Justement, hier encore, Mademoiselle, vous nous expliquiez que c'était à la lumière que les fleurs et les plantes devaient leur coloration et que, si elles poussent dans un lieu qui en est totalement dépourvu, elles sont toutes grêles, toutes blanches, comme par exemple la salade appelée barbe de capucin.

L'INSTITUTRICE. Eh bien ! ce qui arrive aux plantes est exactement ce qui arrive aux gens, dans les mêmes conditions : ceux des villes sont, en général, pâles, faibles, étiolés, parce que l'espace, l'air, la lumière, leur sont pour ainsi dire mesurés; tandis que les habitants de la campagne, plongés constamment dans un bain d'air pur, sans cesse exposés aux regards vivifiants du soleil, dans des champs sans limites, ont, avec la couleur brune de la terre qui les nourrit, la force et la santé.

Mais voyons, Maurice, que je vous pose une

Les villes étaient entourées de hautes murailles.

grosse question : Si vous faisiez bâtir une maison, quelle exposition choisiriez-vous pour sa façade ?

MAURICE. Peut-être serais-je alors très embarrassé, Mademoiselle ; aujourd'hui je n'en sais absolument rien ; cependant, comme je ne voudrais pas qu'il y fît trop chaud ou trop froid, il me semble que je la mettrais au levant ou au couchant.

MARTHE. Si j'avais une maison, moi, je voudrais qu'elle fût entourée de beaucoup d'arbres pour qu'ainsi elle parût comme un nid dans la verdure.

Plante poussant dans un lieu sombre.

MARIE. Tu as très bon goût, Marthe ; et de plus ton souhait est tout à fait conforme à l'hygiène : car ces belles feuilles vertes que tu aimes tant ne sont pas seulement, pour l'ornementation, de fraîches tentures sur lesquelles l'œil se repose avec délices en les admirant, mais elles possèdent une vertu particulière, celle de purifier l'air.

MARTHE. Vraiment ! et comment font-elles ? C'est peut-être en s'agitant comme des éventails qu'elles le renouvellent autour d'elles ?

MARIE. Pas du tout ; mais elles lui enlèvent, pour se nourrir elles-mêmes, un gaz irrespirable, l'acide carbonique, et lui rendent en échange l'oxygène, qui entretient la vie.

L'INSTITUTRICE. Voilà une excellente explication, Marie ; serez-vous aussi bien inspirée si je vous fais cette question : Les hommes ont-ils toujours tous vécu ou vivent-ils encore tous dans des habitations semblables à celles que vous avez coutume de voir ?

MARIE. Mademoiselle, les premiers hommes

Sous la tente.

étant nomades, ce qui veut dire sans résidence fixe, vivaient sous des tentes...

L'INSTITUTRICE. En futur général ! ou... caporal, Maurice va nous dépeindre une tente...

MAURICE. En général ! Mademoiselle... une tente est une espèce de pavillon mobile, construit avec des pieux enfoncés dans le sol et recouverts d'une toile très tendue pour faciliter l'écoulement des eaux pluviales : cette habitation est encore actuellement celle de l'Arabe et du soldat français dans ses campements.

Je voudrais qu'elle pût nommer un nid dans la verdure.

L'INSTITUTRICE. Bravo ! Maurice ; voilà qui est répondu avec l'assurance que donne seule la parfaite connaissance du sujet ; et vous, Marie, voulez-vous reprendre le vôtre ?

MARIE. Des demeures construites sur pilotis dans des lacs, et pour cela appelées lacustres, des

Des demeures construites sur pilotis appelées habitations lacustres.

grottes, des cavernes donnèrent aussi asile, primitivement, à des tribus sauvages. Les peuples sauvages (il en existe encore aujourd'hui) ont des huttes faites avec des branches d'arbres entrelacées.

MAURICE. Qu'est-ce que c'est qu'un pilotis, Mademoiselle ?

L'INSTITUTRICE. C'est un assemblage d'énormes pieux, enfoncés profondément dans l'eau ou dans des terrains marécageux pour servir de base à des constructions.

Les piles des ponts en pierre sont assises de cette manière, ainsi que la ville de Venise, sur les bords de la mer Adriatique.

MARIE. Mais, Mademoiselle, ces pieux ne s'usent donc pas sous l'action de l'eau?

Une caravane est une troupe de marchands....

L'INSTITUTRICE. Tout s'use certainement avec le temps; mais on n'emploie, pour les pilotis, que des bois solides, dont la dureté est une garantie de durée pendant des siècles : le chêne, le châtaignier entre autres, sur lesquels l'humidité n'a pas beaucoup d'influence. Oh! je vois pétiller dans les yeux de Marthe son désir de me faire aussi une longue réponse !

Habitations des premiers hommes.

Voyons, mignonne, dites-nous quels noms désignent et distinguent les différents groupes d'habitations, selon leur importance et par ordre de grandeur.

MARTHE. Oui, oui, Mademoiselle ! je crois bien savoir cela :

Un petit groupe de maisons au milieu de la campagne s'appelle hameau ; un groupe plus grand, et qu'un clocher domine, se nomme vil-

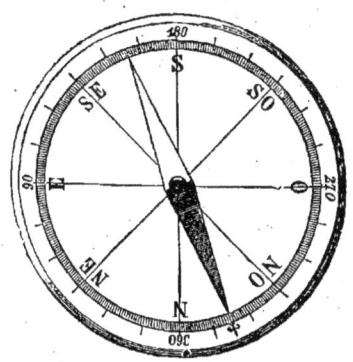

La boussole.

lage ; un village considérable forme un bourg ; un bourg, prenant des proportions plus vastes, devient une ville ; et la plus grande ville d'une contrée, celle où siège le gouvernement, s'appelle capitale : Paris est la capitale de la France, notre chère patrie.

L'INSTITUTRICE. Parfait ! parfait ! voilà des définitions excellentes ; en y ajoutant qu'en France une ville de premier ordre est chef-lieu de département ; celle de second ordre, chef-lieu d'arrondissement ; le bourg, chef-lieu de canton ; et que le village appartient à la commune, nous les aurons complétées.

Mais, mes enfants, je m'aperçois que l'aiguille trotte sur le cadran et que nous n'avons pas encore fait notre premier pas hors de la classe. Allons, Maurice, drapez-vous dans la dignité de cicérone que je vous octroie, et vite ouvrez la marche.

MAURICE. Oui, Mademoiselle, en vous priant d'être la boussole de toute la caravane.

MARTHE. Qu'est-ce donc qu'une boussole et une caravane ?

MAURICE. Une caravane, ma petite sœur, c'est une troupe d'hommes, marchands ou voyageurs, qui se réunissent pour traverser d'immenses contrées, en Afrique ou en Asie, qu'on nomme déserts.

La boussole est un instrument qui sert à guider les marins sur la mer, en leur indiquant le nord au moyen d'une aiguille aimantée qui y dirige toujours sa pointe.

L'INSTITUTRICE. Savez-vous, Maurice, qui a inventé cet instrument si utile, et dans quel siècle ?

MAURICE. Mademoiselle, on croit que ce fut l'Italien Flavio Gioia, au treizième siècle ; mais l'on n'a sur ce point aucune donnée bien certaine.

Vue de Paris prise au pont des Saints-Pères.

LE VESTIBULE

L'institutrice. Vous savez, mes enfants, que l'ordre et la méthode sont indispensables en toutes choses ; donc, avant de pousser plus loin notre entreprise, nous allons nous orienter et procéder au choix de la direction à prendre.

Nous voici dans le vestibule : ici, à droite, le salon, la bibliothèque et la lingerie ; à gauche, la salle à manger, l'office, la cuisine, et, en face, l'escalier que nous savons gravir si lestement quand l'heure de l'étude nous appelle en classe ou celle du repos dans nos gentilles chambrettes.

Auquel de ces appartements jugez-vous devoir accorder d'abord l'honneur de notre visite ?

Marthe. Oh ! sans hésitation, Mademoiselle, c'est au salon ; n'est-il pas le suzerain de la maison ? Donc, comme disait l'autre jour papa à son retour de voyage, en embrassant maman avant Marie, Maurice et moi : « A tout seigneur, tout honneur ! »

Maurice. C'est tout naturel, à ton âge, ma chère Marthe, de ne t'arrêter qu'au côté brillant des objets sans en apercevoir le solide ; voilà ce qui te fait donner la préférence au salon ; pour moi, je plaide en faveur de la bibliothèque.

N'est-ce pas, Mademoiselle, qu'il est très juste de lui faire notre première visite ?

MARIE. Pour moi, Mademoiselle, au risque de laisser supposer que j'ai des goûts bien terre à terre, j'opte pour la cuisine ; il me semble préférable que nos étapes nous dirigent toujours vers le meilleur.

L'INSTITUTRICE. Et je suis de votre avis, ma chérie. Puis, tout judicieux, tout nobles que soient les choix de votre frère et de votre sœur, je doute... je doute qu'ils les eussent faits si leur estomac eût crié famine : la cuisine les eût d'abord attirés.

MAURICE. Oh ! Mademoiselle, l'homme ne vit pas seulement de pain ; l'intelligence, elle aussi, a besoin de nourriture et une bibliothèque la lui fournit.

L'INSTITUTRICE. A ceci je répondrai, mes enfants, que l'esprit ne peut goûter les jouissances de la science et des arts que lorsque le corps est sain et dispos, quand il possède tout ce qui est nécessaire au fonctionnement de son organisme.

J'ajouterai, en particulier, que la cuisine étant le laboratoire de tout ce qui produit force et santé, une maîtresse de maison soucieuse de ceux qui lui appartiennent doit se faire un devoir d'y donner ses soins quotidiens.

Cela dit, franchissons le seuil de la cuisine : ce sera, jeunes filles, un premier pas dans l'apprentissage de votre futur rôle de ménagères.

MARTHE. C'est pourtant vrai que sans cuisine et sans cuisinière il serait bien difficile de nous régaler, à nos goûters, des excellentes tartes que Justine confectionne avec tant de succès !

MARIE. De préparer le succulent bouillon dont

La cuisine.

maman a encore envoyé tantôt à la pauvre vieille mère Marguerite.

MAURICE. Ah ! dès que les tartes de Justine sont de la partie, c'en est fait, Mademoiselle, la victoire est à vous ! Que voulez-vous que je fasse contre trois ? Me mettre immédiatement à votre suite dans le royaume des casseroles : donc, m'y voici !

L'INSTITUTRICE. Avant de nous y aventurer voudriez-vous, mon petit ami, me dire comment s'appelait, autrefois, le vestibule dans les habitations romaines?

MAURICE. Dans les habitations romaines?... Pour cette fois, Mademoiselle, je donne complètement ma langue au chat.

L'INSTITUTRICE. Eh bien! c'était l'*atrium*, dans lequel les maîtres du logis plaçaient les dieux pénates, les statuettes des divinités protectrices de la demeure.

MAURICE. Dormez, dormez toujours, ombres de ces bons petits dieux romains, car votre place est prise, maintenant, par les porte-manteaux et les parapluies!...

LA CUISINE

L'INSTITUTRICE. Vous seriez bien étonnés, n'est-ce pas, mes enfants, si je vous disais qu'une maison est un univers en miniature, une sorte de magasin où presque toutes les parties du monde ont des représentants ?

C'est pourtant la vérité, et vous vous en convaincrez vous-mêmes par l'inventaire que nous allons d'abord faire ici très rapidement ; car, pour ne pas troubler Justine dans ses apprêts culinaires, nous ne ferons que traverser son domaine, nous réservant de faire, chez moi, l'inspection de notre butin et de lui arracher toutes les explications que nous jugerons intéressantes.

MARTHE. Qu'est-ce que cela veut dire : faire l'inventaire ?

L'INSTITUTRICE. C'est, ma chérie, faire le détail de tout ce qui se trouve dans un appartement : meubles, linge, marchandises, etc. ; ainsi, si vous voulez nous indiquer les objets que vous voyez là devant vous, dans cette cuisine, pendant que je vais aligner le nom de chacun d'eux sur mon calepin, l'opération ira beaucoup plus vite.

MARTHE. D'abord, Mademoiselle, je vois le fourneau, que Justine tisonne d'importance ; à côté un réchaud ; la caisse au charbon ; la boîte aux allumettes...

MAURICE. Et moi je suis en respect devant le bataillon sacré des marmites et des chaudrons ; la phalange des écumoires, des passoires, des rôtissoires et tout le reste du tralala de la batterie de cuisine dont les reflets d'or et d'argent sont la gloire de Justine.

L'INSTITUTRICE. Petit espiègle !... Et vous, Marie, comme sœur Anne, ne découvrez-vous rien dans le vaste placard que vous venez d'ouvrir ?

MARIE. Une quantité de choses au contraire, Mademoiselle ; chaque rayon est bondé : poteries, huiles, bougies, sel, épices, riz, sucre, café, thé, etc., etc. ; c'est un véritable arsenal.

L'INSTITUTRICE. Très bien ! ajoutons à cela les cruches que voici, destinées à l'eau ; la table que voilà, et, appendu au mur, le lavabo pour la toilette des mains de la cuisinière : je crois qu'il ne restera plus rien digne de figurer sur notre inventaire.

LES ALIMENTS

MARIE. En voyant Justine à l'œuvre, que l'art de la cuisine me semble difficile, Mademoiselle ! Quel travail d'ensemble ! Quelle minutie de détails !

Et puis, pour connaître la nature, la qualité des viandes et le choix des légumes avec leurs apprêts convenables ; combiner les sauces, doser leur assaisonnement, amener chaque mets au degré de cuisson exigé par chacun d'eux, quelle érudition culinaire il faut posséder et que celle-ci doit être longue à acquérir !

MAURICE. Pourtant, quel mal donne le pot-au-feu ? Rien n'est plus aisé que de mettre à cuire une tranche de bœuf dans de l'eau avec un peu de sel.

L'INSTITUTRICE. Bah ! mon petit homme, vous croyez cela ?

Le pot-au-feu, qui est un des aliments les plus souvent servis sur la table, à cause de ses propriétés excessivement nutritives, demande, au contraire, des soins particuliers et prolongés.

Sa base, comme vous l'avez dit, est formée par
la chair du bœuf qui, pour être savoureuse et
tendre, doit cuire, pendant six heures consécu-
tives, sur un feu doux, en compagnie d'un os à
moelle, d'une carotte, d'un navet, d'un poireau
et d'un panais.

Dès que s'annonce l'ébullition de l'eau qui sert
à cette cuisson, le pot-au-feu doit être soigneu-
sement écumé pour le débarrasser des mucus qui
montent, à cet instant, à sa surface après s'être
échappés des corps soumis à la cuisson ; puis le
bouillon, résultant du mijotement de tous ces
corps ensemble, est coloré d'une belle teinte
jaune au moyen d'un peu de caramel. Mêlé ensuite à des croûtons, à des pâtes alimentaires, il
constitue le potage le plus délicieux et le plus for-
tifiant qui se puisse désirer.

MARTHE. Oh ! moi, qui n'ai qu'une sympathie
fort limitée pour le pot-au-feu, je ferai en sorte,
quand je serai maîtresse de maison, que ma table
soit surtout fournie de crèmes, de compotes, de
mets sucrés et délicats ; tout cela est très agréable
au palais et très léger à l'estomac.

L'INSTITUTRICE. Trop léger, ma chère petite,
car *tout cela* ne renfermerait pas suffisamment
les éléments nécessaires pour votre nutrition ;
ajoutez-y, de plus, sa monotone fadeur et, avec
ce régime, vous auriez bien vite perdu l'appétit
ainsi que vos forces.

MARIE. Mademoiselle, maman fait sans cesse
varier la préparation de nos mets, mais j'ai re-

marqué que la viande qui nous est servie le plus souvent est celle du bœuf et du mouton; est-ce parce que la chair de ces animaux-là est plus nourrissante que celle du veau et de la volaille?

L'INSTITUTRICE. Précisément! le veau et aussi la volaille ont une chair délicate que l'on mange avec plaisir, mais qui n'est pas assez substantielle pour ceux dont le corps se développe ou qui subissent chaque jour une perte considérable de

Le pot-au-feu.

forces par un travail pénible; son usage, au contraire, convient très bien aux convalescents dont l'estomac affaibli ne peut arriver que progressivement au régime ordinaire de l'état de santé.

MARIE. Mais, Mademoiselle, comment peut-on distinguer, à la boucherie, le bœuf, le mouton, le veau, etc.?

L'INSTITUTRICE. Un peu d'attention et de pratique apprennent vite cette distinction, ma chère enfant : sur l'étal du boucher la chair du bœuf et

3

celle du mouton, qui a des fibres plus fines, sont d'un rouge très vif, tandis que le veau a la sienne rose ; par la cuisson cette dernière, de même que celle de presque tous les oiseaux de la basse-cour, du lapin, etc., devient blanche, et celle des deux autres ruminants, du lièvre, etc., noire. De là la désignation de viandes blanches et de viandes noires, qui peuvent s'accommoder de mille manières, parmi lesquelles le gril doit avoir la préférence, parce qu'il leur laisse toutes leurs qualités naturelles.

Le porc aussi est très nourrissant. Sa graisse, qu'on appelle saindoux, est supérieure au beurre pour la friture, et de beaucoup plus économique ; de même qu'il y a aussi économie dans la consommation de la viande grasse ; non seulement celle-ci est plus riche en principes bienfaisants : carbone, oxygène et azote, dirait un chimiste ; elle est aussi plus savoureuse, et fournit encore à son propre accommodement les éléments onctueux qui y sont nécessaires, ainsi qu'à celui des légumes dont elle est ordinairement accompagnée sur la table.

MAURICE. Oui ! les pommes de terre, les haricots, les choux-fleurs, les pois, les fèves, etc., cuits au jus, sont délicieux.

MARTHE. Et le riz ! que je l'aime, ainsi préparé !

L'INSTITUTRICE. Le riz, les pommes de terre, tous les légumes peuvent, de cent façons diverses, être mis au gras ou au maigre. Ils sont excellents et indispensables à notre alimentation ; car il faut leur vertu rafraîchissante pour tempérer ce qu'une nourriture exclusivement animale aurait de trop irritant pour nos organes.

MARIE. Et les œufs, Mademoiselle! à en juger par la consommation universelle qui en est faite, ils doivent posséder de grandes qualités nutritives.

L'INSTITUTRICE. Vous ne vous trompez pas, les œufs sont aussi nutritifs que la viande, dont ils contiennent tous les agents constitutifs. C'est la

Le porc aussi est très nourrissant.

ressource de la ménagère qui, présentant ce produit du poulailler soit à la coque, soit en omelette, sur le plat, à la neige, etc., est toujours sûre de le voir bien accueilli.

MARTHE. Mademoiselle, je voudrais bien savoir pourquoi le fromage a le privilège d'être servi à chaque repas : il a donc quelque vertu spéciale?

L'INSTITUTRICE. Il a une grande puissance nutritive ; ce qui n'est pas surprenant, puisqu'il est fabriqué avec du lait et que le lait est si bien composé de tous les éléments nécessaires pour entretenir la vie et la santé, qu'il suffit seul, comme vous le savez, à la nourriture des jeunes enfants.

A la campagne, le fromage entre pour une portion considérable dans le régime alimentaire ; souvent, même à la ville, avec un peu de soupe, il est l'unique mets des indigents.

Allons, mes enfants, cette première station est assez longue : vite, le pied gauche en avant, et poursuivons notre chemin.

MAURICE. Si vous saviez, Mademoiselle, à quoi la cuisine m'a fait songer ! A Ésope le Phrygien, préparant pour son maître Xanthus, comme tout ce qu'il y a de meilleur au monde, une infinité de langues ; et encore une infinité de langues comme étant tout ce qui existe de pire.

MARTHE. Des langues pour tout ce qui est bon, des langues pour tout ce qui est mauvais ?

Comment cela, Mademoiselle ? Vous seriez bien aimable de me l'expliquer.

L'INSTITUTRICE. C'est par la langue, mon enfant, que je vais pouvoir le faire : donc voilà déjà une très bonne chose ; ensuite, c'est par elle que se prêche la concorde, que l'enthousiasme se traduit, que l'éloquence s'échappe et que s'entretiennent, par un échange de politesses, les relations sociales : cela, c'est excellent.

Mais c'est par la langue aussi que siffle la calomnie, que la haine s'attise, que les injures s'entre-croisent, que l'ordre même a, parfois, disparu du monde. Voilà le mauvais, et c'était ce que voulait faire comprendre le spirituel esclave en faisant de ce mets prodigué un apologue ou fable en plusieurs sauces.

MARIE. Le mot de « cuisine » évoque aussi l'image de Vatel, ce malheureux maître d'hôtel du prince de Condé qui se perça de son épée parce que la marée faisait défaut, un jour que son maître traitait Louis XIV.

MARTHE. Il fut bien sot de se tuer pour cela.

L'INSTITUTRICE. Pour quoi que ce soit, ma chérie, il n'est pas permis de se tuer. La vie est un bien qui n'est que prêté à l'homme ; il peut en jouir, mais il n'a pas le droit d'en disposer.

Le suicide est une lâcheté, une infamie ; dans tous les siècles, les philosophes de toutes les nations l'ont répété, et chez l'un des plus anciens peuples, les Égyptiens, on privait de sépulture ceux qui s'étaient volontairement donné la mort.

Rappelez-vous toujours, mes enfants, que le vrai courage ne consiste pas à savoir se soustraire à la douleur, compagne inséparable de la pauvre humanité, mais de lutter contre elle, de la saisir corps à corps et de la terrasser par un éternel *sursum corda*, c'est-à-dire par une perpétuelle élévation du cœur.

L'OFFICE

MARTHE. Mademoiselle, puisqu'une femme doit connaître la préparation des aliments, pour pouvoir l'ordonner ou la surveiller, elle doit donc aussi être savante dans l'art du dessert !

MAURICE. O petite sœur ! que ta question sent les gâteaux et les confitures !

MARTHE. Précisément, mon frère ; c'est pour apprendre à les servir gentiment à ceux que j'aurai le plaisir de traiter, et tu seras bien aise d'être un des premiers !...

L'INSTITUTRICE. Bien parlé, ma chérie, et vous avez raison : car le mets le plus simple, le fruit le plus vulgaire se présentant à l'œil sous un aspect agréable le réjouit et dispose le palais à ajouter à sa saveur naturelle. Hélas ! puisque l'humanité est forcée de recourir à des aliments pour vivre, il faut, au moins, essayer de jeter une teinte de poésie sur ce côté si prosaïque de l'existence.

Marie, veuillez nous dire ce que c'est que l'office.

MARIE. Mademoiselle, l'office est la salle où l'on

Oui, ces *damoiselles* filaient.

prépare tout le service de la table et où l'on serre la desserte.

L'INSTITUTRICE. C'est cela ; cependant, pour le plus grand nombre des ménages, la cuisine sert d'office, souvent même de salle à manger, sans que dignité et appétit soient pour cela compromis.

Et le service de table, qu'entendez-vous par là ?

MARIE. La porcelaine, c'est-à-dire les plats, les assiettes, les compotiers ; les verres ; l'argenterie ou la collection des cuillers, des fourchettes, des couteaux dont on se sert pour manger.

L'INSTITUTRICE. Cette définition est celle d'un service de luxe ; chez les gens de condition modeste ou durement laborieuse, le service est en faïence, en argile vernissée, avec des cuillers de fer étamé ou même en bois.

Certains peuples, les Chinois, par exemple, n'ont point de fourchettes ; ils se servent, pour saisir et porter les mets à leur bouche, de petits bâtons de bambou ou d'ivoire qu'ils manient avec la plus grande dextérité.

MARIE. J'ai lu, Mademoiselle, qu'autrefois les jeunes filles nobles étaient chargées du soin de conserver et de servir les fruits, de préparer les confitures, les pâtisseries et même des onguents pour les blessures des chevaliers.

MAURICE. Pends-toi, ma petite Marthe ! ce temps est passé et tu n'y étais pas !

MARTHE. Pour le malheur de ton palais, Monsieur mon frère. Va ! tu ne te doutes pas des régals qu'il a perdus !...

L'INSTITUTRICE. Oh ! les enfants terribles !...
Oui, ma chère Marie, ces *damoiselles* filaient
même la laine et le lin pour le linge et les vêtements de leurs pères.

Les vieux usages ont changé : car bien des favo-
rites de la fortune, douées parfois des plus précieux talents, affectent aujourd'hui, par bon ton !
un profond dédain pour les détails domestiques :
comme les rois fainéants elles passent leur sceptre
à des serviteurs.

Cette erreur, ce travers ont été cause de plus
d'une ruine, de plus d'un chagrin : car, à tout
degré de l'échelle sociale, une femme ne doit s'en
rapporter qu'à elle de la direction de son domaine ; partout sa main doit laisser des empreintes
souveraines et faire régner l'harmonie, fille de l'ordre, qui enchaîne les cœurs au foyer de famille.

MARTHE. Mademoiselle, je grave bien tout cela
dans ma mémoire pour que, quand j'aurai un
foyer, tous les cœurs que j'aimerai y restent attachés.

L'INSTITUTRICE. Chère petite !... En attendant,
Maurice l'invulnérable, dites-nous si vous connaissez les fruits si coquettement étalés là, sous
nos yeux, avec leurs mines appétissantes ?

MAURICE. Cerises vermeilles ! abricots délicieux !
Mademoiselle me demande si je vous connais !

L'INSTITUTRICE. J'étais sûre qu'ils étaient de vos
bons amis ; donc vous allez me dire leur pays.

MAURICE. Oh ! par exemple, j'avoue ma complète ignorance.

MARIE. N'est-ce pas, Mademoiselle, le célèbre général romain Lucullus qui rapporta la cerise du Pont, ancien royaume de Mithridate ?

MAURICE. Est-ce le Lucullus, si ami de la table, qui commandait pour lui seul à son cuisinier un festin somptueux, disant que Lucullus soupait chez Lucullus ?

L'INSTITUTRICE. Oui, le même. Mes enfants, il

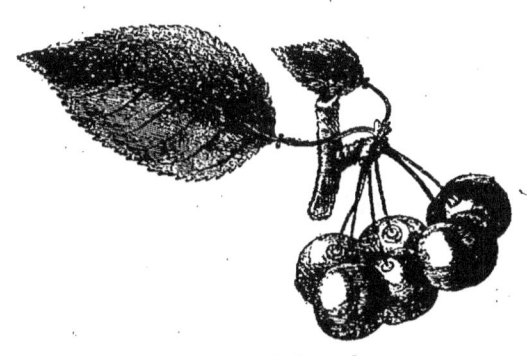

Cerises sur la branche.

ne faut pas s'imaginer que les fruits de nos desserts, nos arbres d'utilité ou d'agrément soient tous indigènes, c'est-à-dire nés sur le sol même de notre France ; quelques-uns le sont, tels que le chêne, si cher aux Gaulois et dont le feuillage servait à couronner les vainqueurs ; la poire, la pomme, dont la Normandie et la Bretagne font leur excellent cidre ; mais la plupart ne vinrent en Europe qu'à la suite des expéditions où l'Occident et l'Orient se heurtèrent ensemble.

MAURICE. — Justement, cela me rappelle que

ce fut un chef gaulois, Brennus, qui apporta la vigne dans sa patrie, à son retour d'une de ces expéditions.

L'INSTITUTRICE. Précisément. La Perse fournit la pêche; l'Arménie, l'abricot; la Syrie, la prune; la Chine, le mûrier; ainsi, pour les arbres et les fleurs, toutes les parties du monde ont contribué à l'embellissement de nos parcs et de nos jardins.

MARIE. Est-il vrai, Mademoiselle, que la pêche contient du poison?

L'INSTITUTRICE. Son amande, ainsi que celle de plusieurs fruits à noyau, contient, en effet, une petite quantité d'acide prussique, et c'est ce qui lui communique une saveur amère; cette saveur s'apprécie surtout très bien dans le kirsch, liqueur qui se fabrique avec les noyaux de cerises, tout spécialement sur les bords du Rhin, où ces fruits sont très abondants.

MARTHE. Pourquoi donc, s'il vous plaît, Mademoiselle, appelle-t-on une variété de prunes reine-claude?

L'INSTITUTRICE. J'ignore ce pourquoi, ma chérie; tout ce que je puis répondre, c'est que ce fruit-là porte le nom de Claude de France, épouse de François Ier et qu'il a une chair et un parfum exquis.

Druides cueillant le gui sacré.

LA SALLE A MANGER

L'INSTITUTRICE. Voici ce qu'on peut appeler le
temple de la Matière, le lieu où l'homme est forcé,
par la nature, de montrer qu'il appartient au
règne animal en recourant à la nourriture pour
entretenir son existence!

MARTHE. Mais comment se fait-il, Mademoiselle,
que la nourriture entretienne l'existence? Je ne
comprends pas du tout cela.

L'INSTITUTRICE. Le Créateur seul, mon enfant,
peut expliquer ses mystères; cependant la science
apprend que tous les corps s'usent et se détrui-
sent constamment au profit les uns des autres;
que cette destruction est plus active dans les corps
organisés à cause de la grande dépense de force
vitale exigée pour le fonctionnement de leurs mul-
tiples facultés.

La tension de l'esprit, le mouvement, mille autres influences diverses désagrègent donc et enlèvent perpétuellement à l'homme des parcelles
de son être, et c'est à la nourriture, formée en
partie de substances fournies par des corps aussi

organisés, qu'il demande de les lui reconstituer.

MARIE. C'est bien merveilleux, Mademoiselle, de suivre, dans l'histoire naturelle, toutes ces transformations.

L'INSTITUTRICE. Très merveilleux, et cependant *combien d'hommes, même à l'intelligence cultivée,* s'intéressent peu à ces phénomènes, tout en faisant de l'alimentation leur plus délicieuse *jouissance !*

MARTHE. Alors toutes ces belles intelligences ne savent pas que la gourmandise est un énorme péché capital.

MAURICE. Oui, et que l'homme doit manger pour vivre et non vivre pour manger.

MARIE. Et que tempérance et sobriété sont les deux sources de la santé.

L'INSTITUTRICE. Quelle abondance de maximes, mes enfants ! c'est à confondre les sept sages de la Grèce, ce beau pays où l'on ne paraissait jadis aux festins que couronné de roses !...

MAURICE. Et où l'on oubliait aussi beaucoup, raconte l'histoire ancienne, que la prudence est mère de la sûreté.

L'INSTITUTRICE. Vraiment, cher philosophe ! et pourriez-vous citer un exemple à l'appui ?

MAURICE. Entre autres celui des Lacédémoniens qui, s'étant rendus, par surprise, maîtres de Thèbes, s'y livraient aux délices de la table, tandis que les vaincus complotaient pour s'affranchir : « A demain les affaires sérieuses ! » répondit insouciant

le chef des convives à qui l'on présentait, écrit,
le projet des conjurés. Il dédaigna d'y jeter un
coup d'œil, et la même nuit il fut massacré, avec
tous ses invités, par ceux dont il n'avait pas voulu
s'occuper sur l'heure.

MARIE. Et le duc de Mayenne, donc! s'il fut
vaincu à Arques par Henri IV, c'est parce que,

La condamnation de Balthazar.

dit-on, il n'avait pu se résoudre à abandonner un
melon qui s'étalait sur sa table à l'heure où com-
mença le combat.

L'INSTITUTRICE. Et vous, Marthe, est-ce que
vous ne direz point aussi votre petite histoire de
festin?

MARTHE. Je ne sais que celle de Balthazar, moi,
Mademoiselle, et la voici :

Balthazar était un roi de Babylone qui passait

4

sa vie dans les plaisirs. Très impie, il profanait, dans un festin, les vases sacrés que son grand-père avait enlevés autrefois au temple de Jérusalem, quand tout à coup parut, sur la muraille de la salle à manger, une main mystérieuse qui, en trois mots, *Mane, Thécel, Pharès,* écrivit sa condamnation. La nuit même il fut tué par son ennemi Cyrus, roi de Perse, qui détruisit son royaume.

L'INSTITUTRICE. Et vous, mes enfants, je constate que vous détruisez peu à peu vos incorrections de langage ; voilà des narrations claires, concises, qui me font grand plaisir. Cela dit, hâtons-nous de passer en revue, avec un petit mot sur chacun, les meubles de cette salle à manger qui nous est si familière !

Voyez ! qui n'admirerait ces sièges cirés, alignés, compassés comme une file de fantassins disposés pour l'assaut ! Qui pourrait retracer et compter les carnages... à la fourchette auxquels s'est prêtée cette vaste table d'acajou qui cache actuellement sa rougeur naturelle sous une nappe immaculée !

Et cette lampe suspendue, combien de fois elle a éclairé de ses rayons vos rires enfantins, à l'heure où l'aile du sommeil venait, parfois même avant la fin d'un gâteau commencé, alourdir votre paupière ! Et ces buffets, ces étagères garnis des merveilles de la céramique !

MARIE. La céramique ! Mademoiselle, auriez-vous la bonté de m'expliquer ce mot ? c'est la première fois que je l'entends.

L'INSTITUTRICE. Ce mot désigne l'art de faire des vases, des ustensiles avec de la terre ; les Étrusques, peuple d'Italie qu'en bons voisins les Romains soumirent, y excellaient.

MAURICE. Ah ! les Romains ! en voilà encore qui aimaient la table, puisque, pour la fournir, ils engraissaient dans des viviers toute sorte de pois-

La salle à manger.

sons, entre autres des murènes auxquelles ils jetaient, pour nourriture, des esclaves tout vivants.

L'INSTITUTRICE. Oui, nombre de Romains ont poussé la passion du boire et du manger jusqu'à des excès ignobles et insensés : lorsqu'ils étaient rassasiés, ils prenaient de l'eau tiède pour débarrasser leur estomac..., ensuite ils recommençaient un nouveau repas.

Leurs tables toutes basses étaient, selon la coutume grecque qu'ils avaient adoptée, entourées de lits plus ou moins somptueux, sur lesquels ils se couchaient pour manger, souvent s'entourant de musiciens ou de danseurs pour rendre leur jouissance plus complète.

MARIE. Quelle différence avec les Perses, dont Marthe parlait tantôt, Mademoiselle, eux qui ne vivaient que de pain, de cresson et d'eau, réservant pour les seules grandes fêtes une sorte de brouet !

L'INSTITUTRICE. Oui, ce peuple se piquait d'une extrême frugalité ; mais il est à remarquer que le climat impose à chaque latitude son régime alimentaire.

Ainsi les habitants des régions tropicales ne vivent que de riz et de fruits aqueux ; ceux des régions tempérées mêlent le pain, la viande, les légumes, les fruits ; dans les zones plus froides la proportion de viande est considérable, celle de pain très faible ; enfin, vers les pôles, l'alimentation est tout à fait animale.

MARTHE. Oh ! c'est pourtant bien bon le pain ; sa croûte dorée est si appétissante !

L'INSTITUTRICE. C'est vrai, et de plus il est très nutritif par une substance qu'il contient appelée gluten ; mais à quelque haut degré que soit en lui la qualité nutritive, elle est insuffisante pour répondre à l'activité dévorante de cette température de glace où, d'ailleurs, aucune céréale ne pourrait venir.

MAURICE. Pourquoi, Mademoiselle, donne-t-on le nom de céréales aux plantes dont les grains, réduits en farine, servent au boulanger à faire le pain ?

L'INSTITUTRICE. Ce nom leur vient de Cérès, antique divinité de la Fable, qui présidait aux moissons. Elle était représentée couronnée d'épis, avec une faucille à la main.

MAURICE. C'est très joli les champs de blé au printemps ! j'aime beaucoup à voir leur belle cou-

Cérès, divinité antique.

leur verte, et surtout à faire des pipeaux avec leurs jeunes tiges : c'est très amusant.

MARIE. Je les admire davantage quand, tout pleins et tout dorés, leurs épis se penchent et s'agitent, au moindre vent, en gracieuses ondulations.

MARTHE. Oh ! moi, je préfère la moisson : les moissonneurs qui chantent ; les glaneuses qui promènent leurs jambes nues de sillon en sillon ; les grands bœufs qui traînent des charretées de gerbes, tout cela est plus gai et me semble beaucoup plus agréable.

L'INSTITUTRICE. Oui, la moisson est la réalité, le vert printemps n'était que l'espérance ! Aussi, lorsqu'elle est venue tout s'active, tout se presse, tout se pourvoit : fourmi, mulot, insecte, oiseau, maraudent à l'envi dans la javelle, et le laboureur oublie ses sueurs en remplissant son grenier.

Quelle reconnaissance assez vive peut monter vers Celui qui nous comble de ses dons, et de quelle considération ne doit pas être entouré le laboureur dont l'existence est consacrée à entretenir celle d'autrui !

Vous souvenez-vous, Marie, de la leçon que le roi Louis XII donnait à ce sujet à un gentilhomme?

MARIE. Oui, Mademoiselle : ce gentilhomme avait maltraité un pauvre malheureux paysan de ses tenanciers; le roi l'apprit et manda près de lui le brutal seigneur. Un repas copieux et délicat lui fut servi, mais absolument sans pain. Étonné, il demanda la raison de cette chose étrange et désagréable ; alors le roi lui fit, sur ses procédés, une très sévère réprimande qu'il termina ainsi :

Et puisqu'il faut du pain, Monsieur, pour vous nourrir,
Traitez mieux, désormais, ceux qui le font venir.

Les moissonneurs qui chantent...

LA LINGERIE

L'INSTITUTRICE. La lingerie ! autre difficile et exigeante cliente d'une maîtresse de maison. En réclame-t-elle de la surveillance, des soins, de la patience pour son entretien ! Blanchissage, ravaudage, pliage, repassage, c'est un tracas perpétuel, une perpétuelle sujétion.

Vous savez bien, n'est-ce pas, Marthe, pourquoi l'on donne le nom de lingerie à une salle comme celle-ci ?

MARTHE. Oui, Mademoiselle, c'est parce qu'on y renferme le linge.

L'INSTITUTRICE. Et qu'est-ce que le linge, mignonne ?

MARTHE. Ce sont les draps, les chemises, les mouchoirs, les nappes, les serviettes, les torchons, enfin tous les tissus qui servent pour la toilette, la table, ou pour la propreté du ménage.

L'INSTITUTRICE. C'est bien cela ; maintenant, à vous, Marie, de nous dire avec quoi est fait le linge.

MARIE. Avec de la toile de chanvre, de lin ou de coton, Mademoiselle.

L'INSTITUTRICE. Même d'une sorte d'ortie, quelquefois ; tandis que les vêtements qui nous recouvrent sont dus, pour la plupart, à la laine du mouton, à la soie filée par un ver nommé bombyx, plus communément ver à soie, et qui se nourrit de feuilles de mûrier.

Savez-vous, Maurice, le nom générique des plantes donnant des fils pour le tissage ?

MAURICE. Elles se nomment textiles, Mademoiselle ; et puisque Marie a parlé tout à l'heure des toiles de chanvre et de lin, ce sont ces deux plantes-là qui en fournissent le plus.

L'INSTITUTRICE. Oui, le chanvre et le lin sont avantageusement cultivés dans plusieurs parties de la France, notamment dans le Nord et en Bretagne ; non seulement ils servent à fabriquer de belles toiles, de la batiste, mais encore de la dentelle et jusqu'au grossier et solide tissu employé pour les voiles des navires.

MARIE. Dans quelle partie de la plante se trouvent ces fils précieux, Mademoiselle ?

L'INSTITUTRICE. Ces fils entourent la tige dans toute sa longueur, d'une extrémité à l'autre, comme une enveloppe, fortement soudés entre eux par une espèce de gomme.

Pour les retirer, il faut faire séjourner la plante quelque temps dans l'eau jusqu'à ce que la gomme soit dissoute et les fibres détachées.

Savez-vous quelle est cette opération, Maurice ?

MAURICE. C'est le rouissage, Mademoiselle; je l'ai retenu depuis le jour où vous nous montrâtes justement du chanvre qu'on avait mis dans l'étang pour ce grand bain ; il répandait une odeur très désagréable.

Le chanvre et le lin sont avantageusement cultivés...

L'INSTITUTRICE. C'était l'effet de la décomposition des substances végétales par leur séjour dans l'eau; et le coton, Marie, est-il aussi une plante textile ?

MARIE. Celui-ci est l'enveloppe de la graine du fruit du cotonnier, arbrisseau que l'on cultive dans les Indes, en Amérique, en Algérie. Des navires apportent ce produit aux filatures d'Europe où, par une succession d'opérations, il est enfin transformé en mousselines, madapolams, cretonnes, etc.

L'INSTITUTRICE. Que l'on vend sous le nom de rouenneries, de toiles de Vichy, etc.

Imaginez donc, mes enfants, quel nombre de mains ont travaillé à organiser cette lingerie : depuis la main calleuse du laboureur jetant au hasard dans la terre la minuscule graine de chanvre ou de lin, ou la main du nègre récoltant le coton sous un soleil brûlant, jusqu'à celle toute légère et délicate de la lingère arrêtant son dernier point à l'ourlet du dernier mouchoir !

Quels efforts de conception ont demandé ces machines qui ont activé et perfectionné le tissage, et fourni à meilleur marché ces étoffes qui, sous toutes les formes, garnissent ces armoires !

MAURICE. Cela me remet en mémoire l'histoire de Philippe de Girard, l'inventeur de la machine à filer le lin. Méconnu en France, sa patrie, il alla en Autriche établir une filature qui prit une si grande extension qu'elle est devenue la ville de Girardoff.

L'INSTITUTRICE. Philippe de Girard, mes enfants, fut surtout le soutien et la consolation de ses parents, frappés par des revers de fortune ; et, s'il alla demander la réussite à un sol étranger, c'est parce que son intelligence était trop au-dessus du niveau de celles qu'il laissait derrière lui et qui ne l'avaient pas compris.

Être méconnu, souvent persécuté, est, d'ailleurs, trop souvent le lot du génie : voyez entre autres Christophe Colomb qui vécut dans les fers après avoir donné à l'Espagne un monde, l'Amérique, qui produit tant de coton !...

MARTHE. S'il vous plaît, Mademoiselle, pour-

Récolte du lin.

quoi dit-on quelquefois, pour exprimer qu'une chose quelconque se faisait dans un passé très éloigné : « Au temps où la reine Berthe filait? » Est-ce que les reines ont jamais filé ?

L'INSTITUTRICE. Certainement, ma chérie ; les reines, comme la plus obscure paysanne de leurs royaumes, maniaient autrefois la quenouille et le fuseau, témoin celle dont vous parlez et qui était la mère de Charlemagne.

MAURICE. Ce devait être vraiment leur travail, puisque la loi salique, excluant en France les femmes du trône, disait que les terres conquises par l'épée ne devaient pas passer à la quenouille et au fuseau.

MARIE. Et quand Duguesclin était prisonnier des Anglais, ne leur disait-il pas que, dans son pays de Bretagne, il n'y aurait ni femme ni fille qui, le sachant captif, ne voulût filer sa quenouille pour acheter sa liberté ?

L'INSTITUTRICE. Voilà des réminiscences tout à fait de circonstance, mes enfants, et qui montrent les femmes traversant les siècles avec leur immortelle quenouille au côté.

Aujourd'hui encore, dans certaines campagnes, il est d'usage d'offrir à la nouvelle épousée, au seuil de la maison de son mari, une quenouille enrubannée, comme pour lui rappeler la part qui lui échoit du travail domestique.

Cependant, depuis que les machines ont été inventées pour produire plus vite, la besogne a été presque totalement supprimée aux fileuses de profession, et diminuée aux couturières.

Qu'est-ce que la couture, Marie ?

MARIE. C'est l'art de tailler, d'ajuster, d'assujettir ensemble avec du fil plusieurs morceaux d'étoffe pour en faire des vêtements ou tout autre objet que l'on a en vue.

L'INSTITUTRICE. Marthe va nous dire combien

d'espèces de points elle connaît pour la couture.

MARTHE. Deux... trois... j'en connais quatre, Mademoiselle; le point de côté, pour les ourlets; la piqûre en arrière-point, pour la solidité ou l'agrémentation d'une couture; le point glissé ou coulant, pour les coutures communes, et celui de marque pour les chiffres.

Le rouissage.

L'INSTITUTRICE. Et le point de surjet, pour réunir les deux lés d'une étoffe; et le point de saxe, pour les coutures rabattues d'un tissu de laine; et le point de ganse, pour les boutonnières; et le point de ris, pour les objets de luxe, etc.

Et vous, Marie, quels points employez-vous pour le raccommodage?

MARIE. Celui de reprise pour les étoffes, le remmaillage pour les bas; mais quand il s'agit de rapporter un morceau de tissu neuf à la place d'un morceau usé, on l'assujettit par un surjet à l'endroit ; et, à l'envers, un point de côté termine les rabattues.

Oh ! Mademoiselle, que c'est peu attrayant le raccommodage !

Le cotonnier.

L'institutrice. J'en conviens, ma chérie ; aussi ce travail-là est-il plus qu'un talent, c'est une vertu composée de quatre autres : ordre, économie, patience et humilité. C'est vous dire quelle doit être son importance aux yeux d'une maîtresse de maison, lui qui prolonge la durée du linge dont le renouvellement est si coûteux !

MARTHE. Je ne me serais pas doutée, Mademoiselle, qu'il y eût de l'humilité dans le raccommodage !

L'INSTITUTRICE. Et beaucoup même, petite Marthe, car cette occupation s'exerce sur des objets usés, par conséquent peu attrayants; puis surtout elle laisse inaperçue la plus grande habileté des

Gousse de coton.

doigts, ce qui n'arrive pas avec la broderie, le crochet et autres gracieuses fantaisies dont il faut toujours savoir sacrifier l'agrément quand l'utile l'exige.

MAURICE. Mademoiselle, voudriez-vous, je vous prie, me dire si ma chemise est faite avec de la toile de chanvre ou de la toile de coton : je ne sais pas distinguer cela.

L'INSTITUTRICE. Avec de la toile de coton, mon

ami. Pour cet usage l'hygiène lui donne la préférence sur celle de chanvre, comme se refroidissant moins rapidement sous l'action de l'évaporation des sueurs.

MAURICE. Mais avec un gilet de flanelle, Made-

Récolte du coton.

moiselle, on n'a à craindre aucun effet nuisible de cette évaporation.

L'INSTITUTRICE. C'est un préservatif, sans doute; mais, quand il s'agit de santé, nulle précaution n'est à dédaigner.

Autrefois d'ailleurs, avant l'usage du coton, les tissus de chanvre ne servaient pas à la partie tout à fait intime du vêtement; le souverain, le manant portaient également la laine; ce ne fut

qu'au quatorzième siècle qu'une reine de France
se fit faire, dit-on, les premières chemises de toile
de chanvre.

Vous seriez bien embarrassés, n'est-ce pas, si
je vous demandais son nom?

Des machines inventées pour produire plus vite la besogne.

MARIE. Oh ! certes ; je le serais complètement,
Mademoiselle.

MAURICE. Et moi donc, avec ma parfaite in-
compétence en lingerie !

MARTHE. Est-ce bien difficile de le deviner,
Mademoiselle ?

L'INSTITUTRICE. Essayez !... allons, avez-vous
trouvé?... Non... eh bien! ce fut Isabeau de Bavière
qui poussa son luxe jusqu'à... deux chemises !...

MAURICE. Oh! l'exécrable femme qui vendit notre France aux Anglais! que je la déteste!...

Depuis la main calleuse du laboureur...

L'INSTITUTRICE. Hélas! à elle surtout Bayard eût pu dire : « Vous avez trahi votre patrie, votre roi et vos serments... »

LA BIBLIOTHÈQUE

MAURICE. Enfin, Mademoiselle, nous y voici, et je suis content, moi qui souhaitais cette étape à la bibliothèque depuis le début de notre excursion !

L'INSTITUTRICE. Tant mieux, mon ami ; vous allez avoir alors beaucoup de plaisir : car la satisfaction que procure une chose est toujours en raison directe du désir et de l'attente.

Dites-moi donc bien vite ce que c'est qu'une bibliothèque.

MAURICE. C'est un grand assemblage de livres, d'auteurs divers, rangés et classés en ordre, comme ceux-ci, dans des armoires vitrées.

MARIE. Pour moi, Mademoiselle, une bibliothèque est une serre où mille plantes diverses sont renfermées pêle-mêle : celle qui dégage le plus suave parfum, qui donne le plus doux remède de l'âme, jusqu'à celle qui répand la mort en volatilisant son venin.

L'INSTITUTRICE. Vos définitions sont très justes, très poétiques, mes enfants ; mais pour que Marthe les comprenne bien, nous résumerons ainsi : une bibliothèque est une collection de livres les uns très bons, capables de charmer, d'élever le cœur et l'esprit ; les autres mauvais, c'est-à-dire pouvant produire un effet tout opposé aux premiers, et dont il faut sagement s'abstenir.

MARTHE. A mon avis, Mademoiselle, il ne faudrait point de vieux bouquins dans une bibliothèque ; seulement de beaux livres, bien reliés avec de la dorure et contenant de jolies histoires ; ce serait beaucoup plus amusant et d'un coup d'œil plus agréable.

L'INSTITUTRICE. Chère amie, ce n'est pas l'extérieur d'un livre qui fait sa valeur ni son mérite : c'est ce qu'il dit, ce qu'il contient, les pensées de celui qui l'écrit, de son auteur.

MARTHE. Est-ce qu'il y a bien longtemps, Mademoiselle, que l'écriture est inventée ?

L'INSTITUTRICE. Certainement, et si longtemps que l'époque en est inconnue ; ce fut au moment où les hommes éprouvèrent le besoin de graver, ailleurs que dans leur mémoire, le souvenir des événements qu'ils voulaient transmettre à leurs enfants. A l'origine, ils n'avaient point d'alphabet ; tous les signes qu'ils employaient étaient l'image de différents objets qu'ils disposaient de certaine manière pour représenter ce qu'ils voulaient exprimer. Cette écriture primitive fut celle des anciens Égyptiens ; on la retrouve sur leurs monuments, et ces signes sont nommés hiéroglyphes.

Le premier qui apporta en Grèce les lettres de

l'alphabet fut, dit-on, Cadmus, fondateur de Thèbes, dont un poète rappelle le souvenir avec les con-
séquences du don qu'il fit, par ce quatrain :

> C'est de lui que nous vient cet art ingénieux
> De peindre la parole et de parler aux yeux,
> Et, par des traits divers, des figures tracées,
> Donner de la couleur et du corps aux pensées.

MARIE. Mais, Mademoiselle, le papier n'était
pas inventé alors ; sur quoi donc écrivait-on ?

L'INSTITUTRICE. Sur l'écorce d'une plante, le pa-
pyrus ; sur des pierres monumentales telles que
celle que l'on voit à Paris, sur la place de la Concorde, et qui est un obélisque apporté d'Égypte.

MAURICE. On écrivait aussi sur du parchemin,
n'est-ce pas, Mademoiselle ? J'en ai vu de ces
écrits-là où les mots étaient d'une taille énorme,
sans que je pusse néanmoins parvenir à en dé-
chiffrer un seul.

L'INSTITUTRICE. Oui, mais ce ne fut que beaucoup plus tard, deux siècles environ avant notre
ère, que le parchemin fut imaginé et employé.

C'est la peau du mouton préparée spécialement
qui le fournit. On la découpait en bandes, rajus-
tées entre elles pour les pouvoir rouler, et on en
fit parfois des rouleaux d'une très grande longueur ; celui qui contenait la condamnation des
Templiers, et que l'on conserve aux Archives, a
vingt-trois mètres et demi.

MARTHE. On ne se sert plus du parchemin,
maintenant, Mademoiselle ?

L'INSTITUTRICE. Si, les registres des capitaines de navires, ces gros livres qu'ils appellent journal de bord, sont encore en parchemin : en cas d'acci-

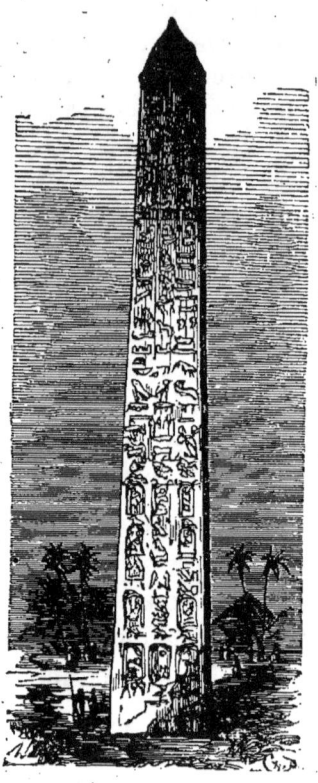

On écrivait sur des pierres monumentales.

dent l'eau ne les détériorerait pas comme s'ils étaient en papier.

MARIE. Vous souvient-il, Mademoiselle, du beau missel qui nous fut montré dans la sacristie de la paroisse? En avait-il des fleurs coloriées, des oiseaux, des bonshommes ! Chaque page en était

Gutenberg.

enguirlandée ; et l'écriture, quelle perfection !
Il en avait fallu du temps, et une main habile,
pour un pareil chef-d'œuvre !

MARTHE. Comment ! un livre tout entier écrit à la main !

L'INSTITUTRICE. Eh oui ! et qu'on appelle pour cela manuscrit. Au moyen âge il s'en est produit par milliers de ces chefs-d'œuvre calligraphiques, qui demandaient parfois plusieurs existences.

Savez-vous, Marie, quels hommes y consacraient la leur ?

MARIE. C'étaient les moines au fond de leurs cloîtres. Ils s'occupaient de transcrire les manuscrits des peuples anciens, d'en faire de nouveaux, de cultiver les arts, les sciences et tout ce qui s'y rattache.

MAURICE. Il faut convenir que ces arts et ces sciences eurent une fameuse chance de pouvoir se réfugier dans les monastères ; car les nobles et les manants d'alors n'avaient pas le temps de s'en occuper : il fallait vivre et se battre avant de s'instruire. Cela ajoutait même au prestige, paraît-il, quand on pouvait mentionner au bas d'un parchemin : « A déclaré ne savoir signer, vu sa qualité de gentilhomme ! »

MARTHE. Oh ! moi, je serais bien honteuse si je ne savais pas signer.

L'INSTITUTRICE. Et surtout vous seriez impardonnable : car l'ignorance n'est plus permise aux enfants de la France, aujourd'hui que dès l'école maternelle ils trouvent partout des moyens de s'instruire qui ne manqueront jamais à leur bonne volonté.

Vue d'ensemble d'une machine à fabriquer le papier.

MAURICE. Sait-on, Mademoiselle, qui a organisé la première bibliothèque ?

L'INSTITUTRICE. Ce fut un roi d'Égypte, qui la décora du titre de : « Trésor des remèdes de l'âme. »

En France le roi Charles V parvint à réunir neuf cents volumes dans la tour du Louvre.

MARTHE. Seulement neuf cents volumes ! pour un roi ce n'était pas beaucoup ; les libraires n'auraient-ils pu lui en vendre ?

L'INSTITUTRICE. Ah ! petite Marthe, il n'y avait point de libraires dans ce temps-là ; tout volume se transcrivant à la main, il ne s'en pouvait produire qu'une très petite quantité, donc peu de privilégiés en possédaient : de là l'immense difficulté de s'instruire à cette époque. Mais une grande découverte, au quinzième siècle, changea la face du monde. Laquelle, Marie ?

MARIE. Ce fut l'imprimerie, découverte par Gutenberg de Mayence et perfectionnée à Strasbourg par Faust et Schæffer.

L'INSTITUTRICE. L'imprimerie ! des caractères mobiles, alignés dans un cadre, enduits d'une encre spéciale, sur lesquels se pose un papier qui ne se retire que la face couverte de ces caractères marqués en noir. Ces caractères, c'est l'expression de la pensée ! Et voilà l'auxiliaire du progrès, son serviteur infatigable qui, depuis quatre siècles, reçoit et disperse sans cesse les étincelles du génie de l'homme.

MARTHE. Sait-on, Mademoiselle, quel a été le premier livre imprimé ?

L'INSTITUTRICE. C'est la Bible, ma mignonne, que Gutenberg publia à Mayence en 1456, publication qui absorba ses ressources.

MAURICE. Était-ce sur le parchemin qu'on imprimait, Mademoiselle ?

L'INSTITUTRICE. Non, sur le papier, parce qu'il est plus souple et moins coûteux. D'ailleurs celui-ci était aussi employé pour l'écriture depuis qu'on avait trouvé un procédé pour le fabriquer avec des chiffons, au douzième siècle.

MARTHE. Ce doit être bien amusant de visiter une papeterie, de voir toutes les métamorphoses des chiffons pour devenir ce joli papier blanc que ma plume sait si bien barbouiller !

L'INSTITUTRICE. C'est très intéressant, en effet, de suivre ces chiffons de la cuve où ils sont blanchis par le chlore, aux espèces de laminoirs où mille tranchants les réduisent en bouillie très claire ; de voir ensuite cette bouillie glisser dans des cylindres et en ressortir étendue en couche très mince sur un tamis, où elle se sèche pour être ensuite collée, réglée, etc.

MARTHE. Et le carton pour les couvertures des livres, Mademoiselle, avec quoi est-il fait ?

L'INSTITUTRICE. Avec plusieurs feuilles de papier gommées, superposées et fortement pressées pour qu'elles n'en forment plus qu'une seule, ou avec une pâte spéciale dans laquelle entrent des matières diverses.

C'est ensuite le relieur qui met ces couvertures aux livres après qu'il en a mis en ordre et cousu ensemble tous les feuillets.

LITTÉRATURE — POÉSIE

MAURICE. Une chose que je désirerais bien savoir, Mademoiselle, c'est la différence entre la prose et la poésie ; je vois constamment ces mots-là sans pouvoir me les expliquer d'une façon satisfaisante.

L'INSTITUTRICE. La prose, mon ami, c'est l'expression parlée ou écrite de la pensée dans un langage qui n'est soumis qu'aux règles de la grammaire : la conversation est de la prose.

La poésie est un langage beaucoup plus élevé qui se mesure, se cadence et s'écrit en ce qu'on appelle des vers. Outre celles de la grammaire, il exige des règles particulières et plus difficiles, entre autres la rime, qui est formée par le retour des mêmes sons, ce qui aide la mémoire à retenir les vers : les vers et la prose sont donc la littérature.

Examinons un peu dans cette bibliothèque le quartier de la poésie. Ah ! le voici...

Dites-moi, Marie, comment appelle-t-on les littérateurs qui font spécialement des vers ?

MARIE. Mademoiselle, ce sont des poètes, tels

que Corneille, Racine, Boileau, La Fontaine, Lamartine, etc.

MARTHE. La Fontaine ! alors les fables que je récite sont en vers?

L'INSTITUTRICE. Précisément ; et tous les temps, tous les peuples, mes enfants, ont eu leurs poètes pour enflammer leurs combattants, chanter leurs gloires ou pleurer leurs deuils.

Le roi David fut un de ceux des Hébreux ; la Grèce fut la patrie d'Homère, le poète divin, duquel un autre poète a dit :

Trois mille ans ont passé sur la cendre d'Homère :
Et depuis trois mille ans Homère respecté
Est jeune encor de gloire et d'immortalité.

En Italie naquit Virgile, surnommé, du nom de sa ville natale, le Cygne de Mantoue.

MAURICE. Eh bien ! Mademoiselle, pour moi c'est un très mauvais *signe* : car, chaque fois que j'ai à traduire une de ses belles pages, je ne puis réussir à le faire correctement, et, crac !... une mauvaise note est portée à mon compte.

L'INSTITUTRICE. La réussite viendra ; en attendant je voudrais savoir si Marie ne connaît pas d'autres grands poètes italiens plus modernes.

MARIE. Qui ne connaît Dante, Mademoiselle, et le Tasse, qui composa la *Jérusalem délivrée* en souvenir de la délivrance de cette ville par les Français lors de la première croisade ?

MARTHE. Dirigée par Godefroy de Bouillon, je sais cela...

L'INSTITUTRICE. Très bien ! Maintenant, si nous

Racine.

passons d'Italie en Allemagne, nous trouverons

6

Gœthe et Schiller; en Angleterre, Shakspeare et Byron; en Portugal, Camoens; en Espagne, Lope de Vega, etc.

MARTHE. Tout cela chez les étrangers! Il faudrait que ce fût à la France!...

L'INSTITUTRICE. Dans notre France, mes enfants, il n'y a que l'embarras du choix des noms quand il s'agit de génie!... Au moyen âge les poètes

Le Dante.

s'y appelaient troubadours, trouvères; la poésie, gaie science.

Pour les encourager, des assauts littéraires furent institués à Toulouse; les vainqueurs y recevaient une violette ou une églantine d'or et un souci d'argent, ce qui valut à ces concours le nom de Jeux floraux. Une dame toulousaine, Clémence Isaure, consacra même toute sa fortune pour les maintenir.

MAURICE. Est-ce qu'ils existent encore, Mademoiselle?

L'INSTITUTRICE. Certainement, et c'est au mois
de mai de chaque année qu'ils ont lieu en grande
pompe, sous le nom de Fête des fleurs.

La Fontaine.

MARTHE. Mais il y a donc des poètes vivants à
présent?

L'INSTITUTRICE. Très vivants, ma mignonne, et
très grands poètes; cependant l'époque qui en a
le plus fourni d'illustres est le dix-septième siècle:
Marie en a nommé plusieurs.

MARIE. Que j'aimerais, Mademoiselle, à connaître leurs principales œuvres! ce serait connaître ainsi le caractère de chacun d'eux, puisque Buffon a dit : Le style c'est l'homme même.

L'INSTITUTRICE. En effet, chacun a son cachet propre; selon ses tendances naturelles chacun écrit avec noblesse, avec grâce, avec malice, gaieté, mélancolie, etc. ; c'est ainsi que Corneille, dans le *Cid* et *Polyeucte*, Racine, dans *Esther* et *Athalie,* sont les modèles du sublime et du sentiment délicat; Molière, dans ses comédies, celui du naturel et de l'enjouement; les immortelles satires de Boileau sont remplies d'une raillerie fine et piquante; le bon La Fontaine, dont vous débitez si bien *les Animaux malades de la peste,* est inimitable dans sa gracieuse naïveté; et de même pour toutes les productions de la poésie et de la prose.

MAURICE. Fallait-il qu'il eût un caractère drôle, celui qui a écrit l'histoire de *Don Quichotte!* Ai-je ri, ai-je ri de ce bonhomme et de son écuyer Sancho !

MARTHE. Et de son cheval Rossinante !

L'INSTITUTRICE. C'est l'Espagnol Cervantes qui a produit ce chef-d'œuvre, écrit tout entier en prose, celui-là.

PROSE

MARTHE. Puisque *Don Quichotte* est un chef-d'œuvre, c'est dommage qu'il n'ait pas été fait en France.

L'INSTITUTRICE. En France, Marthe chérie, il en a été fait par milliers, des chefs-d'œuvre ! Tenez, pour vous en convaincre, regardez ces vitrines et lisez les étiquettes qui indiquent la catégorie à laquelle appartiennent les ouvrages qu'elles renferment : dans chacune nous aurons certainement l'occasion de saluer plus d'un ami.

MARTHE. Éloquence, — Philosophie, — Sciences, — Histoire naturelle, — Navigation, — Jurisprudence... Qu'est-ce que tout cela veut dire, Mademoiselle ?

MAURICE. Ah ! l'éloquence, cela fait tout de suite penser à l'orateur grec Démosthène qui, étant bègue, mettait des cailloux dans sa bouche et s'accoutuma à parler ainsi jusqu'à ce qu'il eût vaincu ce défaut naturel ; à Cicéron, le célèbre Romain...

L'INSTITUTRICE. Dites d'abord, Maurice, que les

orateurs sont ceux qui prononcent des discours en public, et que leur éloquence consiste à persuader, à faire passer la chaleur de leurs paroles dans l'âme de ceux qui les écoutent.

N'en connaissez-vous point en France, de grands orateurs?

MAURICE. Une foule, Mademoiselle; d'abord ceux de la chaire ou les prédicateurs : Bossuet, Fénelon, Massillon, Bourdaloue, Lacordaire, etc.; ensuite ceux de la tribune ou les orateurs politiques, tels que Mirabeau, Barnave, membres du tiers aux derniers états généraux en 1789; Lamartine, représentant du peuple en 1848...

MARIE. Oui, Mirabeau qui répondit à l'envoyé du roi, chargé de faire évacuer la salle où les trois ordres étaient réunis : « Nous sommes ici par la volonté du peuple et nous n'en sortirons que par la force des baïonnettes. »

L'INSTITUTRICE. Et Lamartine, qui arracha le drapeau rouge, flottant sur l'Hôtel de Ville de Paris pendant les troubles de juin 1848!

« Le drapeau tricolore a fait le tour du monde, dit-il à la foule surexcitée, massée aux abords du monument, et celui-ci n'a fait que le tour du Champ-de-Mars, traîné dans le sang des Français! »

MARTHE. Moi je connais Fénelon, Mademoiselle; il était archevêque de Cambrai. Ayant entendu un jour une brave femme se désoler d'avoir égaré l'unique vache qui nourrissait sa famille, le prélat, ému, s'inquiéta de l'animal;

et, l'ayant retrouvé, il le ramena lui-même à ses maîtres.

L'INSTITUTRICE. Trait qui prouve la bonté familière de l'illustre archevêque. La grâce, la douceur harmonieuse de son style l'ont fait surnommer le Cygne de Cambrai; comme la force, l'élévation de celui de Bossuet le font appeler l'Aigle de Meaux.

Cicéron.

MARIE. Mademoiselle, qu'est-ce que la philosophie, s'il vous plaît? J'entends très souvent dire qu'il faut être philosophe, et je ne connais pas la chose.

L'INSTITUTRICE. La philosophie est la science de la sagesse, l'ensemble des principes généraux de toutes choses.

Elle fut diversement enseignée par les anciens; en Grèce par Socrate, dont la maxime était : *Connais-toi toi-même*; par Platon, surnommé le divin ; par le précepteur d'Alexandre le Grand, le célèbre Aristote, à qui le père du jeune prince écrivait : « Je remercie les dieux non pas tant de m'avoir donné un fils que de me l'avoir donné au temps d'Aristote ; » à Rome, par Sénèque, qui vantait la pauvreté quoique vivant lui-même au milieu des jouissances de la richesse, etc.

MAURICE. Et en France, Mademoiselle, est-ce qu'il y en a eu de grands philosophes ?

L'INSTITUTRICE. En France, combien d'écrivains ont imprimé leur génie à tout ce qui touche l'ordre moral, intellectuel et politique ! Montaigne, avec ses *Essais;* La Bruyère, par ses *Caractères;* Montesquieu, dans l'*Esprit des lois;* Voltaire, Rousseau, dont les innombrables écrits ont aidé au renouvellement de la vieille constitution française ; Bernardin de Saint-Pierre, Chateaubriand au langage si gracieusement imagé, et la foule des historiens, des penseurs de toutes sortes, dont nous ne pourrions épuiser les noms !

MAURICE. Que vois-je? *Pensées* de Pascal... c'était donc un penseur Pascal, Mademoiselle? Je croyais qu'il était mathématicien.

L'INSTITUTRICE. Un très profond penseur, en même temps qu'un profond génie scientifique. C'est lui qui a inventé la brouette, qui a confirmé la pesanteur de l'air par les expériences faites au puy de Dôme, etc.

Vous savez bien ce qu'on entend par sciences, n'est-ce pas Maurice?

MAURICE. Oui, Mademoiselle; on applique ce

Lamartine.

nom à toutes les connaissances humaines, mais il embrasse plus particulièrement certaines parties, celles qui doivent donner un résultat précis, exact dans leurs solutions, telles que la physique, la chimie, les mathématiques, l'astronomie.

L'INSTITUTRICE. Eh bien ! pourriez-vous me citer quelques hommes célèbres dans ces parties-là ?

MAURICE. Archimède, le Syracusain, qui trouva,

Il la ramena lui-même.

étant au bain, que tout corps plongé dans un liquide perd de son poids une partie égale au poids du volume du liquide déplacé ; découverte dont il fut si ravi qu'il parcourait les rues de la ville en criant : *Eurêka !* j'ai trouvé...; Galilée, qui découvrit le mouvement de rotation de la terre ; Newton, les lois de la pesanteur ; Papin, la vapeur. Volta inventa la pile électrique ; Franklin, le paratonnerre ; Montgolfier, les ballons ; Niepce et Daguerre, la photographie ; Arago

et Ampère, le télégraphe électrique ; Fresnel per-
fectionna les phares...

L'INSTITUTRICE. Assez, assez, mon ami ; vraiment vous n'avez pas l'air de vous lasser dans
votre nomenclature ; au tour de Marie de citer
quelques-uns des naturalistes de sa connaissance.

Bernardin de Saint-Pierre.

MARTHE. Qu'est-ce donc que des naturalistes ?

MARIE. Ceux qui s'occupent d'étudier tout ce
qui existe dans la nature : les animaux, les plantes, les minéraux. Buffon est un des plus illustres avec Cuvier, Tournefort, Jussieu, Linné, etc.

L'INSTITUTRICE. Les médecins aussi, mes enfants, sont des naturalistes ; ils s'occupent du

corps humain pour le soulager quand quelque chose s'altère dans son organisme. Rappelez-vous le grand chirurgien Ambroise Paré, qui disait de

Chateaubriand.

ses malades : « Je les panse, Dieu les guérit, » et l'Anglais Jenner, auteur de la vaccine.

MARTHE. Je pense à Jussieu, Mademoiselle ; est-ce celui qui planta au Jardin des Plantes de Paris le cèdre qui y porte son nom ?

L'INSTITUTRICE. Plusieurs des Jussieu ont été de grands botanistes ; c'est Bernard qui planta le cèdre dont vous parlez, après l'avoir apporté dans son chapeau; et son frère Joseph importa d'Amérique le suave héliotrope, cette fleur favorite de votre mère.

Quelle route conduit en Amérique, petite Marthe?

MARTHE. Oh! Mademoiselle! c'est l'Océan qu'il faut traverser sur des navires, l'océan Atlantique qui fait la route de France au nouveau monde.

L'INSTITUTRICE. Parfait! et alors comment se nomment ceux qui dirigent les navires sur ce chemin humide?

MARTHE. Ce sont les marins, les navigateurs.

L'INSTITUTRICE. Le nom de marin se donne à tous ceux qui, par état, sont attachés à la marine; celui de navigateur s'applique particulièrement à ceux qui voyagent sur mer dans un but scientifique, pour faire des découvertes.

Connaissez-vous quelques-uns de ceux-ci, ma chère Marie?

MARIE. Un multitude de toutes les nations, Mademoiselle : le Génois Christophe Colomb, qui découvrit l'Amérique en 1492; Vasco de Gama, le Portugais qui, le premier, doubla pour aller aux Indes le cap redoutable des Tempêtes et lui donna le nom de cap Bonne-Espérance; Magellan, autre Portugais, qui fit le premier le tour du monde; l'Anglais Cook, le Français La Pérouse, tous deux massacrés par des insulaires, ou habitants des îles, pendant leurs explorations...

Bernard de Jussieu et le cèdre du Liban.

L'INSTITUTRICE. Et nous n'en finirions pas si nous voulions mentionner tous leurs rivaux en gloire !

Vous, Maurice, connaissez-vous quelques marins célèbres?

MAURICE. Tout un défilé, Mademoiselle, mais je ne veux nommer que des enfants de la France :

Le *Vengeur* se fit sauter au cri de : Vive la République!

Duquesne, Tourville, Jean Bart, qui battirent les Anglais et les Hollandais, sous Louis XIV; d'Estaing, d'Orvilliers, le bailli de Suffren, intrépides champions de l'indépendance américaine; Villaret-Joyeuse, dont la flotte comptait le *Vengeur* qui, plutôt que de se rendre aux Anglais, se fit sauter au cri de : Vive la République ! en 1794.

L'INSTITUTRICE. Arrêtez-vous, mon ami; il n'en

7

faut pas davantage pour prouver qu'à tout cœur français la patrie est si chère, que pas un ne lui marchande son sang quand il s'agit de sa gloire ou de sa défense. Pas une page de son histoire qui ne parle de dévouement, ou ne cite le nom de quelque foudre de guerre.

MARTHE. Qu'est-ce que c'est qu'un foudre de guerre, Mademoiselle ?

L'INSTITUTRICE. Cette expression est une comparaison employée pour désigner un homme de guerre dont les victoires sont rapides et nombreuses : Gaston de Foix, par exemple, neveu de Louis XII, fut surnommé le Foudre d'Italie, parce que c'est dans ce pays-là qu'il conquit sa gloire avec la rapidité de la foudre.

En connaissez-vous encore qui méritent ce nom ?

MARTHE. Je connais les empereurs Charlemagne et Napoléon Ier ; mais, pour des chefs d'armée, je ne puis signaler que Duguesclin, Breton bien laid qui chassa les Anglais de France, où de grands revers les avaient amenés, et Bayard, surnommé « le chevalier sans peur et sans reproche ».

MAURICE. Comment ! Marthe, tu oublies Jeanne d'Arc ! moi je lui donne pour escorte Condé, Turenne, Hoche, Kléber, Desaix, enfin toutes les armées de la République et de l'Empire, dont chaque soldat était un héros.

MARTHE. O ma pauvre Jeanne d'Arc que j'aime tant ! c'est elle qui fut un vrai foudre de guerre ! en un an délivrer Orléans, faire sacrer Charles VII à Reims, assiéger Paris sans succès et défendre

Compiègne! Puis, mourir sur le bûcher de Rouen en murmurant encore :

O France, ô mon roi bien-aimé !...

Mort de Jeanne d'Arc.

L'INSTITUTRICE. Eh oui ! sans que le roi cherchât à l'arracher au supplice! Ce qui prouve, mes enfants, que quand on fait le bien, quand on rend service, ce ne doit être que pour la satisfaction attachée à la vertu elle-même, sans aucun espoir de récompense ici-bas, où l'ingratitude est trop souvent le prix des bienfaits.

MAURICE. Avant de sortir je désirerais bien, s'il vous plaît, Mademoiselle, vous entendre expliquer ce que c'est que la jurisprudence, dont parle l'étiquette près de la porte.

L'INSTITUTRICE. La jurisprudence est la connaissance des lois, c'est-à-dire de toutes les ordonnances, de tous les règlements auxquels sont soumis les habitants d'une même contrée. En France, nos lois forment le Code civil ou code Napoléon, du nom de ce prince qui y travailla lui-même principalement avec Portalis et Tronchet, jurisconsultes ou magistrats très versés dans la science du droit.

Quand vous ferez votre droit, vous, Maurice, vous apprendrez toutes les subtilités de ces lois, tous les noms glorieux qui y ont mis leur sceau : Michel de L'Hôpital, Cujas, Lamoignon, d'Aguesseau, etc.; et, qui sait? le vôtre un jour peut-être brillera près des leurs!...

LE SALON

MAURICE. Vite, Mademoiselle ma petite sœur, votre plus joli sourire, votre accueil le plus gracieux pour mes compliments au seuil du domicile de vos rêves.

MARTHE. Pour mes rêves c'est trop de courtoisie, Monsieur mon frère, et pour mon sourire... vous savez bien qu'il brille toujours quand vous ne me taquinez pas !...

MARIE. Et surtout quand nous sommes ainsi tous trois groupés autour de notre chère institutrice, n'est-ce pas, Marthe ?

L'INSTITUTRICE. Quel assaut d'amabilités, mes enfants ! quelles reparties délicates ! j'en suis très agréablement surprise ; mais je cherche quel charme peut ainsi opérer et mêler, sur les lèvres de Marthe, le mot de courtoisie avec son joyeux sourire ; sait-elle ce qu'il signifie ?

MARTHE. Peut-on l'ignorer quand on vous possède, Mademoiselle ! Ensuite, j'ai lu qu'autrefois, pendant la chevalerie, une loi appelée Trêve de Dieu forçait les seigneurs à suspendre leurs que-

relles toutes les semaines. Séjournant donc plus
souvent dans leurs castels près de leurs épouses,
de leurs filles, ils perdirent peu à peu les manières rudes et grossières des camps pour en
prendre de douces et agréables.

C'est ainsi que, sous le nom de galanterie, de
courtoisie, la politesse fut bientôt, en France, une
vertu nationale.

L'institutrice. De mieux en mieux, ma mignonne ; et, vous l'avez très bien dit, la politesse,
qui distingua si longtemps notre bien-aimée patrie, prit jadis naissance au manoir et, de degré
en degré, descendit dans la chaumière ; ce qui
donne, pour conclusion, que toute chose, bonne
ou mauvaise, a d'autant plus de force pour prendre
racine qu'elle tombe de haut et que, par conséquent, plus l'on est élevé dans la société, plus
l'on doit veiller sur ses actes en se répétant,
comme stimulant, cet adage toujours vrai : Noblesse oblige !

Maurice, dites-nous ce que c'est qu'un salon.

Maurice. Toute la définition que je suis capable
de donner, Mademoiselle, c'est que c'est le plus
bel appartement de la maison, celui qui est le
mieux décoré, où la famille se réunit le soir et
où l'on reçoit les visites.

L'institutrice. C'est tout à fait cela. Oui, le
salon est le lieu des épanchements et des cause-
ries intimes de la famille ; celui des douces et
joyeuses réunions de l'amitié ; la scène aussi où
s'échangent les banalités dorées, les sottises les

mieux tournées, les traits les plus acérés de la médisance et quelquefois de la calomnie.

Au salon le cœur et l'esprit se meuvent, pétillent, vivent mieux ; il est donc naturel que tout ce qui peut les charmer, du monde extérieur, s'y trouve

Mozart.

réuni pour que les sens le leur communiquent : fleurs odorantes, musique, peinture, sculpture, tentures, objets rares ou précieux ont là [leur rendez-vous.

Marthe, la musicienne, va nous expliquer ce que c'est que la musique.

MARTHE. Petit talent deviendra grand, si Dieu lui prête vie, Mademoiselle ! est-ce que je ne joue pas la gamme des deux mains sur le piano? mais... si Marie veut répondre pour moi, je lui serai bien obligée.

MARIE. Il n'est pas possible, Marthe, que tu sois embarrassée pour dire que la musique est l'art de combiner les sons, de les rendre harmonieux, mélodieux ; expliquer que c'est au moyen de sept notes : *do, ré, mi, fa, sol, la, si,* avec les dièzes, les bémols, les bécarres et autres signes auxiliaires qu'on y parvient.

MARTHE. J'avoue mon embarras, car il n'est pas toujours facile, même quand on sait une chose, de l'exprimer comme il faut.

MAURICE. Cependant Boileau n'a-t-il pas dit :

Ce que l'on conçoit bien s'énonce clairement
Et les mots pour le dire arrivent aisément ?

MARTHE. Qui sait s'il l'a toujours pensé !

L'INSTITUTRICE. La musique, mes enfants, la musique est un langage enchanté, un écho du ciel. La prière, la rêverie, l'élan guerrier, la joie ou la tristesse, elle dit tout. N'est-ce pas elle qui berce l'homme enfant sur les genoux de sa mère ; qui l'enflamme plus tard, au moment du combat ; qui redouble sa joie dans ses heures joyeuses, qui lui parle de Dieu, qui, en l'accompagnant à sa dernière demeure, semble être pour ceux qui le pleurent l'écho d'un autre monde ?

Tous les peuples, dans tous les temps, ont eu besoin de traduire en modulations leurs sentiments. Ils ont voulu non seulement donner toute sa puissance à la voix humaine, mais imiter les voix des éléments, les mystérieux murmures de la nature entière. De là l'invention, le concours de mille instruments, depuis la flûte primitive du pâtre jusqu'au piano du salon, à l'orgue majestueux de l'église, à cette lyre même que vous voyez là, en face, peinte avec des roses dans ce tableau.

MARTHE. Je connais le nom de plusieurs grands

Michel-Ange peignant le *Jugement dernier.*

compositeurs de musique, Mademoiselle : Mozart, Beethoven, Auber, Rossini, etc. ; mais a-t-on jamais pu savoir qui a imaginé les notes et une façon si ingénieuse de les disposer ?

L'INSTITUTRICE. Gui d'Arezzo, moine italien du moyen âge, passe pour en avoir été l'inventeur au dixième siècle, ma mignonne.

MAURICE. C'est un bien bel art aussi, Mademoiselle, que celui de la peinture ! moi, je ne me lasse jamais quand je puis admirer des tableaux.

L'INSTITUTRICE. Cela ne me surprend pas, surtout quand ce sont des chefs-d'œuvre.

Il s'en est produit dans tous les genres, et nos musées nationaux en renferment une multitude de toutes les écoles, parmi lesquelles l'Italie est au premier rang.

Voyons, Marie, à l'aide ! que nous sachions au moins les noms des plus grands peintres du monde.

MARIE. Il ne faut pas parler d'Apelle, le plus grand peintre de la Grèce antique, n'est-ce pas, Mademoiselle ?

L'INSTITUTRICE. Non, ne remontez pas si haut dans les siècles ; citez seulement, depuis le quinzième, tous les artistes de votre connaissance.

MARIE. Donc, en Italie Michel-Ange, tout à la fois peintre, architecte et sculpteur ; ce fut lui qui donna le plan de la coupole de l'église de Saint-Pierre à Rome et peignit le *Jugement dernier*, la plus vaste peinture qui existe ; Raphaël, dont les œuvres sont inimitables ; le Titien, le Corrège, Léonard de Vinci, que s'attacha François Ier et qui mourut en France ; le Hollandais Rembrandt ; le Flamand Rubens ; l'Espagnol Murillo ; les Français Le Poussin, Lebrun, Lesueur, Claude Gelée dit le Lorrain, Horace Vernet, etc., etc., ont aussi rendu leur pinceau immortel.

L'INSTITUTRICE. Savez-vous, ma chère, à quelle époque s'est développé en France le goût des lettres et des arts ?

MARIE. A l'époque de la Renaissance, c'est-à-dire au seizième siècle, à la suite des guerres d'Italie, terre où les Français ne pouvaient faire un pas sans avoir à admirer des merveilles de peinture et de sculpture.

L'INSTITUTRICE. La sculpture ! Oui, sous les

Coustou.

coups d'un ciseau faire jaillir d'un bloc de pierre, de bois, de marbre ou matières plus précieuses des statues, toutes palpitantes d'expression, tout animées de sentiment, n'est-ce pas aussi le fait du génie ?

Tenez, mes enfants, approchez et regardez ce vieux christ d'ivoire, suspendu là, au-dessus de cette console. Ne dirait-on pas qu'il agonise sur son fond de velours! Comme l'artiste a su torturer son corps pour exprimer la douleur et l'angoisse!

Puis songez à la piété des aïeux, dont votre mère suit la trace, qui plaçaient ainsi, jusqu'au salon, le symbole de leurs croyances pour en faire le confident habituel de leurs joies ou de leurs peines...

MAURICE. Est-ce que la sculpture était connue des anciens, Mademoiselle?

L'INSTITUTRICE. Si connue que les antiques statues, trouvées dans le sol par hasard ou dans des fouilles faites dans des lieux où seul a survécu le nom des opulentes cités qui les couvraient jadis, sont, en général, des merveilles.

MARIE. Et ces merveilles ne peuvent sans doute être attribuées à aucun artiste en particulier?

L'INSTITUTRICE. Les historiens et les poètes, les philosophes eux-mêmes de l'antiquité nous ont permis d'établir la liste des chefs-d'œuvre qui ont rendu célèbres les noms de Phidias et de Praxitèle et, à mesure qu'on les découvre, on peut les cataloguer comme ceux de Michel-Ange, de Jean de Bologne, de Benvenuto Cellini, en Italie; en France, des Jean Goujon, des Germain Pilon, des Coustou, des Coysevox, des Girardon, des Pradier.

MARTHE. Mademoiselle, voudriez-vous, s'il vous plaît, me dire ce que c'est que l'ivoire?

L'INSTITUTRICE. C'est une matière blanche, très compacte, dont sont composées deux grosses dents

des éléphants. Ces animaux les portent à la mâ-
choire supérieure, de chaque côté de la bouche et,

Girardon.

comme ils s'en servent contre leurs ennemis, on
les a nommées défenses.

MARIE. N'est-ce pas, Mademoiselle, que le
tapissier a eu très bon goût dans la disposition
des tentures et de l'ameublement de ce salon?

L'INSTITUTRICE. Oui, un très bon goût, quoique tout à fait moderne, car chaque époque a eu son style.

Autrefois les tentures des appartements étaient, dans les manoirs, l'ouvrage des châtelaines ; elles brodaient en tapisserie les exploits glorieux de leurs parents, les événements importants auxquels ils avaient été mêlés et, par cette reproduction, en perpétuaient le souvenir.

La reine Mathilde écrivit ainsi, avec son aiguille, toute l'histoire de la conquête de l'Angleterre par son époux Guillaume le Conquérant, et ce travail est une des curiosités conservées par la ville de Bayeux.

MARTHE. Est-ce que les châtelaines avaient des canapés et des fauteuils dans leurs salons, Mademoiselle ?

L'INSTITUTRICE. Non, mes enfants ; mais la civilisation ne marche pas sans avoir le progrès à sa suite pour perfectionner toute chose, même les meubles qui servent de siège.

Quelles transformations depuis que la peau du mouton, étendue par terre, recevait les dames franques et que le bon roi Dagobert s'asseyait sur le trône d'or que lui avait fait le grand saint Éloi !

Des escabeaux de bois, simples d'abord, ensuite agrémentés de grossières sculptures, plus tard recouverts de cuir précieux, surtout s'il venait de Cordoue, en Espagne, où on le travaillait admirablement, et attaché par des clous dorés ; puis enfin celui-ci remplacé par des étoffes après que les

meubles eurent, avec le temps, modifié leur
forme primitive, voilà ce qui fut le luxe princier
de bien des siècles.

MARIE. Luxe que laissent bien loin derrière
eux l'élégance et le moelleux des fauteuils qui
s'étalent ici sur ce tapis, n'est-ce pas, Mademoiselle?

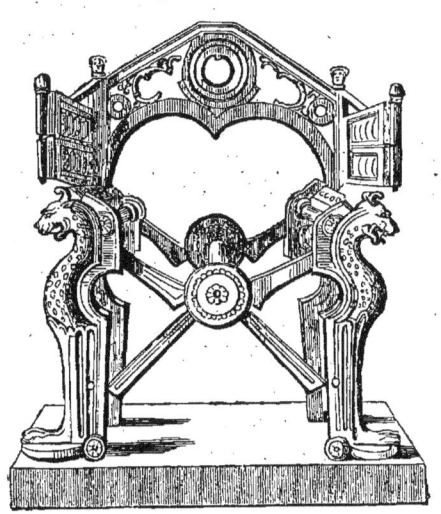

Le trône de Dagobert.

MAURICE. Est-ce que ce tapis est brodé comme
les tentures dont vous parlez, Mademoiselle? je
le trouve d'un dessin fort beau.

L'INSTITUTRICE. Non, c'est un tapis fabriqué sur
un métier où le dessin s'est produit en même
temps que l'étoffe a été tissée.

On emploie, dans cette fabrication, du poil de
chèvre, de chameau, et surtout la laine du
mouton.

Les plus beaux tapis qui se font en France sont ceux des Gobelins, de la Savonnerie et d'Aubusson.

MARIE. Les Gobelins ! n'était-ce pas, Mademoiselle, le nom des deux frères qui avaient à Paris, sur les bords de la Bièvre, une teinturerie où ils teignaient les laines en pourpre de Venise ?

L'INSTITUTRICE. Précisément, et ce fut Louis XIV qui créa, sur l'emplacement même de leur local industriel, la célèbre manufacture de tapis qui porte leur nom.

MARTHE. Mademoiselle, est-ce que l'usage des tapis est antique ?

L'INSTITUTRICE. Très antique, ma chère ; ce furent d'abord les dépouilles naturelles des animaux qui servirent de tapis, telles que celles des moutons, des renards, des lions, des tigres ; ensuite l'industrie tressa les nattes de jonc, de palmier, puis les superbes et soyeux tapis de Smyrne qui, d'Orient, se répandirent dans le monde.

Les riches habitations romaines eurent aussi, parfois, au lieu de parquet, une espèce de dallage appelé mosaïque...

MAURICE. Je crois en avoir vu, Mademoiselle ; n'est-ce pas un assemblage de petits cubes de marbre de diverses couleurs, soudés entre eux par du ciment et disposés de façon à former mille dessins variés comme ceux d'un tapis ?

L'INSTITUTRICE. C'est bien cela ; d'ailleurs, depuis longtemps déjà on s'est mis à couvrir de ce tapis de pierres le sol de certains monuments ;

Vue générale des Gobelins.

vous pourrez en voir un très joli spécimen dans le chœur de l'église de la paroisse.

MARTHE. Mademoiselle, en voyant ces grandes glaces réfléchir nos quatre personnes, je ne puis m'empêcher de réfléchir aussi, et de vous demander s'il existait de ces objets-là autrefois, il y a bien longtemps.

Fabrication des glaces.

L'INSTITUTRICE. Autrefois, chère amie, l'eau du ruisseau, quelques plaques de métal poli servaient seules aux besoins de la toilette, même chez les reines.

Quand le tain des glaces ou la préparation dont on recouvre l'une de leurs faces eut été découverte, Venise fut renommée pour la fabrication de ce meuble de luxe ; mais depuis longtemps la

France, par ses produits de Saint-Gobain, s'est élevée au premier rang.

Maintenant, mes enfants, montons jusque dans mon appartement ; ce sera notre dernière étape, et je vous y raconterai la découverte du verre. Allons, Maurice, en avant, pas accéléré !...

LA CHAMBRE A COUCHER

L'INSTITUTRICE. Respirons !... dit la mouche.

Faisons de même, nous, mes enfants, pour soigner tout d'abord mon gentil bengali, votre gracieux présent.

Pauvre petit oiseau ! il a une cage superbe, de l'eau, du mil en abondance, des caresses à faire envie et pourtant tout en lui décèle la tristesse, une mélancolique langueur. Voyez ! son œil si doux ne semble-t-il pas nous dire : « Merci ! merci ! mais rien ne remplacera jamais ma terre natale, ses lianes en fleur, son soleil de feu, ma chère liberté ! Non, non, sans elle mieux vaut mourir !...

MARIE. Pauvre mignon ! que je le plains maintenant ! car, s'il me fallait, moi, me séparer de tous ceux que j'aime, être forcée d'habiter sur un sol étranger, dans une captivité même dorée, je sens bien que ma vie ne résisterait pas à un tel chagrin.

MAURICE. Tu le crois, ma chère Marie ; mais si c'était l'intérêt de ta famille qui te condamnât au

sort dont tu parles, va ! tu aurais du courage pour
le supporter.

Quand je serai soldat, moi, il faudra bien que
je vive loin de vous tous, au milieu d'inconnus,
de la rude vie des camps ; mais alors la pensée que c'est la France qui exige ce sacrifice en
adoucira l'amertume et me rendra fort.

MARTHE. Et puis, nous donnerions la liberté au
bengali, que deviendrait-il? Bien sûr il ne saurait
retourner en Amérique et serait mangé par les
chats, comme celui de la petite Hortense.

L'INSTITUTRICE. Est-ce que vous savez encore
cette fable, Marthe? Débitez-la, mignonne.

MARTHE :

LE BENGALI

J'ai perdu mon bengali,
Sanglotait la jeune Hortense ;
Minet le croque... hi!... hi!... hi!...
Sous mes yeux, en ma présence,
Il consomme ce forfait.
Mon bengali!... c'en est fait!...
Maman, pourtant j'étais sage :
Pour ne point désobéir
Tant soit peu j'ouvrais sa cage,
Et pst! je l'ai vu partir...
Je lui portais des caresses
Et des miettes de gâteau ;
J'aimais tant les gentillesses
De mon cher petit oiseau !
Minet le guettait sous cape,
Ce meurtrier, ce madré ;
Mais s'il vient, que je l'attrape,
Bien sûr je me vengerai !...

— Mon enfant, lui dit sa mère,
Prends un ton plus radouci;
Car par l'œil de la colère
Le moindre tort est grossi;
N'en laisse point sur ton âme
Passer l'éclair odieux :
Ame et visage de femme
Doivent rester gracieux.
Du bengali prends la perte
Et dissipe ta douleur :
Il n'est de cage déserte
Que lorsqu'on n'a plus d'honneur.

L'INSTITUTRICE. Très bien, petite Marthe ! puisse votre mémoire, toujours fidèle, vous répéter à l'occasion, mes chéris, la morale de cette fable : que la colère enlève la raison, enlaidit le visage, et que la seule perte irréparable est celle de l'honneur.

Pour sortir de notre longue digression, Maurice, dites-nous ce que c'est qu'une chambre à coucher.

MAURICE. Son nom indique sa destination, Mademoiselle ; je n'aurai donc nul mérite à dire que c'est le lieu où l'on se retire pour le repos de la nuit.

L'INSTITUTRICE. Oui, c'est l'endroit tout à fait intime où chacun s'appartient, devient soi, et cherche à effacer la trace des agitations du jour dans le calme du sommeil.

Vous le trouvez toujours, vous, mes enfants, ce bienfaisant sommeil, parce que vous êtes en santé et qu'à votre âge on n'a ni regret pour hier, ni souci pour demain ; mais combien de pauvres ma-

lades qui l'appellent en vain, sur leur lit de douleur ! Combien d'âmes, meurtries par les cha-
grins, comptent les heures de la nuit en essuyant
leurs larmes ! Combien de malheureux pour qui les
cris de leur conscience sont encore plus terribles
dans la solitude et le silence de la chambre à coucher !

Mais continuons d'examiner mon petit chez-moi.

Mon chez-moi.

D'abord le lit : Marie, voulez-vous faire le détail
de ce meuble qui y a la préséance ?

MARIE. Un lit est un assemblage de morceaux
d'un bois plus ou moins précieux, travaillé, poli,
verni par le menuisier ou l'ébéniste ; quelquefois
aussi il est en fer.

Destiné au repos du corps, il est rendu aussi
moelleux que possible au moyen des sommiers,
matelas, oreiller, draps, couvertures, édredon.

L'INSTITUTRICE. Le maïs, plante originaire de la

Turquie, fournit une paille excellente pour la lite-
rie; enfermée dans une enveloppe de toile elle
remplace très souvent le sommier.

Vous savez bien, Marthe, avec quoi sont faits
les matelas?

MARTHE. Avec du crin animal ou végétal et de

Le maïs, plante originaire de la Turquie.

la laine, Mademoiselle, que le matelassier tra-
vaille, étire et coud entre deux longueurs de toile.
Je sais également que les couvertures sont tissées
avec de la laine pour l'hiver et du coton pour
l'été.

L'INSTITUTRICE. Oh! une double réponse! c'est
très bien, Marthe; il ne reste, pour passer à Mau-

rice, que l'oreiller et l'édredon : voyons, mon petit homme, devinez ce qu'il y a dedans.

MAURICE. Ce n'est pas malin, Mademoiselle, de dire que c'est de la plume ; que la plume est le vêtement de tous les oiseaux, et que ceux de la basse-cour sont les principaux fournisseurs des objets dont il est question.

L'INSTITUTRICE. Voilà de bons détails, cher savant ; complétons-les en ajoutant que l'oie surtout donne la plume fine et souple appelée duvet, dont on la dépouille de temps en temps durant

Le lit.

sa vie ; mais que, tout recherché que soit ce duvet, sa qualité est encore surpassée par celui d'un oiseau d'Islande nommé *eider*, qui s'arrache le sien pour tapisser son nid.

MAURICE. Pauvres oies ! celles de Rome n'avaient sans doute pas à subir ce supplice, puisqu'elles étaient au nombre des animaux sacrés nourris au Capitole ?

L'INSTITUTRICE. Sans doute ; mais Marthe sait-elle ce que c'était que le Capitole, à Rome ?

MARTHE. C'était, je crois, Mademoiselle, une forteresse et un temple bâti en l'honneur de Ju-

piter, où l'on conduisait en triomphe les guer-
riers vainqueurs.

L'INSTITUTRICE. C'est cela; maintenant poursuivons notre investigation. Ici la table de nuit; là la
toilette; en face la commode, tous objets dont le
nom indique suffisamment l'usage; près de la fenêtre, le secrétaire : savez-vous ce qui le fait appeler ainsi?

MARIE. *Secrétaire* dérive de *secret*; c'est pro-

L'oie surtout donne la plume fine.

bablement parce qu'il contient des cachettes ou
qu'on y enferme des choses qui ne doivent pas
être vues de tout le monde.

L'INSTITUTRICE. Précisément! les papiers précieux, les bijoux, trouvent dans le secrétaire une
retraite sûre; c'est encore ce meuble qui se prête
à la correspondance pour les parents, pour les
amis, et aussi pour les vagabondages de la plume
à travers le domaine de la pensée.

MAURICE. C'est la vôtre qui en fait dans ce domaine-là, Mademoiselle! Elle ne se lasse donc jamais?

L'INSTITUTRICE. Cet exercice constant l'empêche de se rouiller, mon ami... Voyez sur la cheminée ces beaux candélabres, ces délicieuses porcelaines où mes fleurs sont si bien ; cette pendule monumentale, qui mesure le temps depuis plus d'un demi-siècle.

Avec son pendule rigide, au perpétuel et uniforme balancement, avec ses aiguilles infatigables, tournant avec une immuable régularité autour d'un cadran enchâssé dans un marbre noir, n'est-elle pas la fidèle image de ce temps toujours calme, toujours égal dans son vol éternel ; impassible devant l'heure de la joie, impassible devant celle de la douleur, fuyant, fuyant sans cesse et poursuivant sa course impitoyable, sans souci des faibles humains ?

L'HEURE

MARTHE. Ce fut l'empereur Charlemagne, n'est-ce pas, Mademoiselle, qui eut la première horloge sonnante ?

L'INSTITUTRICE. L'histoire le dit ; mais, pour l'avoir, il fallait qu'elle eût été inventée et, pour l'inventeur, il avait fallu connaître les divisions du temps. Or, savez-vous le point de départ de cette connaissance, à l'origine des siècles ? On avait remarqué que l'ombre des corps se raccourcit ou s'allonge selon la hauteur du soleil.

On partagea donc en intervalles égaux appelés degrés la moitié d'une circonférence, correspondant au temps pendant lequel le soleil est au-dessus de l'horizon. Perpendiculairement au centre de cette demi-circonférence était fixée une tige dont l'ombre, en se projetant soit à gauche, soit à droite, marquait les heures du matin ou de l'après-midi. Ce fut là le premier cadran solaire.

MARTHE. Qu'est-ce que le sablier dont Justine

se sert pour régler la cuisson des œufs à la coque?

L'INSTITUTRICE. Le sablier, de même que la clepsydre ou horloge à eau, mesurent une fraction de temps déterminée, et connue d'avance, par l'écoulement, d'un récipient dans un autre, d'une quantité donnée soit de sable, soit d'eau

La clepsydre.

ou de tout autre liquide. Le sablier de la cuisine n'en a que pour cinq minutes.

On fit plus tard des horloges mécaniques dont l'eau était le moteur : celle dont vous avez parlé, Marthe, et qui avait été envoyée au grand empereur par le calife Haroun-al-Raschid en était une. Elle sonnait les heures au moyen d'une boule de plomb qui tombait, au moment voulu, sur un timbre.

Les horloges à poids et à roues vinrent ensuite.

La première de celles-ci fut attribuée à un petit chevrier du Cantal, Gerbert, élevé dans le monastère d'Aurillac et si savant que, tout pape qu'il fût devenu, sous le nom de Sylvestre II, on l'accusa de sorcellerie.

Le premier cadran solaire.

MARIE. Est-ce qu'il y a longtemps, Mademoiselle, qu'on se sert d'horloges en France ?

L'INSTITUTRICE. La première horloge que posséda Paris fut placée, par ordre du roi Charles V, dans la tour de son palais par l'Allemand Henri de Vic, au quatorzième siècle.

MAURICE. Et les montres, Mademoiselle, depuis quand existent-elles?

L'INSTITUTRICE. J'ignore la date précise; tout porte à croire que l'invention en fut faite au commencement du seizième siècle. Pierre Hèle passe

Gerbert inventa les horloges à roues et à poids.

pour avoir fabriqué les premières, qui furent appelées *œufs de Nuremberg* à cause de leur forme et du lieu de leur origine.

MARTHE. Que je voudrais avoir une montre, petite, petite comme une pièce de deux francs!

L'INSTITUTRICE. Il en a été fait de beaucoup plus

petites que cela, ma chérie ; on parle d'une dont le diamètre était moindre que celui d'une pièce de vingt centimes !

D'ailleurs, il y en a eu de toutes les grosseurs, de toutes les formes, même en forme de tête de mort : en Angleterre on en conserve une qui est ainsi et qui a appartenu à l'infortunée Marie Stuart, reine d'Écosse.

MAURICE. Mademoiselle, derrière la pendule je vois votre glace, et... je me permets de vous rappeler votre promesse de nous raconter la découverte du verre.

L'INSTITUTRICE. Chose promise est chose due, mes enfants ; donc, à l'instant, passons au verre.

LE VERRE — LES POTERIES

L'INSTITUTRICE. Il y a bien des siècles, des mariniers phéniciens traînaient, le long d'un fleuve de leur pays, un bateau chargé d'une espèce de sel produit par la décomposition de certaines plantes marines et qu'ils retiraient, en abondance, d'un grand lac. C'était un sel de soude que les chimistes appellent *natron* ou sesquicarbonate de soude.

L'heure du repas étant arrivée, ces mariniers voulurent préparer le leur. Ils allumèrent, sur le rivage, des herbes sèches, du bois et, les pierres manquant pour soutenir leur marmite, ils prirent à cet effet dans le bateau deux gros blocs de ce sel.

Le vent soufflait très fort; tout à coup, ô surprise! ils virent le sel de soude et le sable, chauffés ensemble, se transformer en un liquide qui se solidifia par le refroidissement en demeurant transparent: le verre était trouvé.

MAURICE. Voilà une découverte qui n'a point donné de peine pour la chercher! Est-ce assez

Intérieur d'une verrerie, fabrication des bouteilles.

merveilleux que le sable se change en verre !
Mais comment se fait-il que le verre à vitres, celui
des bouteilles, celui des vitraux, ne soient pas de
la même couleur ?

L'INSTITUTRICE. C'est parce que, suivant la qualité du verre, on emploie du sable plus ou moins
pur : les bouteilles ont une teinte verte à cause
d'une certaine quantité de fer contenue dans ce

Cristaux de quartz.

sable ; les vitres sont blanches parce que le sable
était blanc et pour obtenir les belles teintes
bleues, rouges, violettes, etc., que vous avez re-
marquées dans les vitraux, il a fallu mêler à la
pâte vitreuse les substances qui les contenaient.

MARIE. Et le cristal, Mademoiselle, n'est-ce pas
aussi du verre ?

L'INSTITUTRICE. C'en est aussi une espèce que
l'on obtient par un mélange de sable blanc, de
potasse et d'oxyde de plomb. C'est avec ce pro-

duit que l'on fait les objets de service luxueux :
les carafes, les verres, etc., tous très limpides et
susceptibles d'être taillés.

On trouve parfois, dans la nature, sous des ro-
ches, une sorte de pierre très dure cristallisée
sous la forme d'un prisme à six faces, à laquelle
on donne aussi le nom de cristal de roche ou
quartz, et dont on fait des objets d'art.

MAURICE. Ce doit être bien intéressant de voir
fabriquer le verre ! Est-ce que ce sont des machines qu'on emploie, Mademoiselle ?

L'INSTITUTRICE. Non, ce sont des hommes, des
ouvriers qui travaillent presque nus, à la peau rous-
sie par la gueule du four enflammé où le verre
est en fusion.

Vous pouvez avoir une idée du procédé quand
vous faites des bulles de savon : un ouvrier prend
de la pâte vitreuse au bout d'un tube, souffle
dans la masse par l'autre extrémité, tourne ensuite le tout très rapidement et, par là, imprime
telle forme qu'il veut à la matière : sphérique,
oblongue, allongée.

MAURICE. Mais pour le verre à vitres, Mademoiselle, comment fait-on pour obtenir des feuilles
si unies et d'une épaisseur si égale ?

L'INSTITUTRICE. Quand il s'agit du verre à vitres
l'ouvrier donne au ballon primitif, suspendu à son
tube, une forme très allongée ; il en coupe alors
les deux bouts et le fend dans toute sa longueur :
il a ainsi une grande feuille de verre, qu'il laisse
ensuite refroidir.

Vue de la manufacture de Sèvres.

MARTHE. Dans quels pays fait-on le verre, Mademoiselle ?

L'INSTITUTRICE. Rive-de-Gier, Saint-Just-sur-
Loire, dans le département de la Loire, sont re-
nommés pour leurs verreries ; quant au cristal,
Baccarat, dans la Meurthe, peut marcher de front
avec la Bohême, qui excelle dans cette spécialité.

MAURICE. Mademoiselle, avant que le verre à

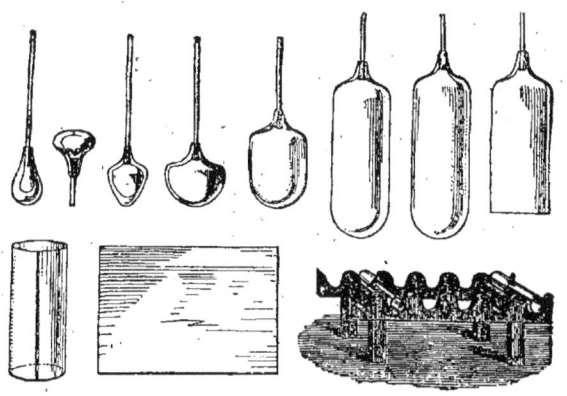

Différentes formes du verre pour la fabrication des vitres.

vitres fût inventé, que mettait-on aux fenêtres à sa
place ?

L'INSTITUTRICE. En ce temps-là, mon ami, les
fenêtres n'étaient, dans notre pays, ni nombreuses ni larges : la porte, un seul petit châssis suf-
fisaient parfois pour aérer ou éclairer un grand
appartement.

On y étendait soit une bande de toile, soit une
feuille de papier huilé pour le rendre imper-
méable, soit une lame de mica, minéral qui se

divise en feuilles extrêmement minces, soit, comme encore actuellement à Manille, des coquillages transparents.

MARTHE. Qu'est-ce que cela veut dire « transparent » ?

L'INSTITUTRICE. On désigne par ce mot les corps qui laissent la lumière les traverser si complètement qu'ils permettent de voir les objets devant lesquels ils sont placés ; par contre, « opaque » se dit de ceux qui ne se laissent pas du tout traverser par la lumière : un mur par exemple.

MAURICE. Et alors ceux qui se laissent traverser seulement un peu par la lumière, tels que les tasses à café, comment les appelle-t-on ?

L'INSTITUTRICE. Ceux-là sont dits translucides ; c'est la qualité non seulement des tasses à café, mais de toutes les porcelaines.

MARTHE. Est-ce aussi avec du sable que se fait la porcelaine, Mademoiselle ?

L'INSTITUTRICE. Non, ma chérie ; c'est avec une terre blanche très fine qu'on appelle kaolin.

Les porcelaines de la Chine et du Japon sont les premières du monde ; mais l'Europe en fabrique aussi d'admirables, pour lesquelles la Saxe et Sèvres, près de Paris, tiennent le premier rang. Rien de plus joli d'ailleurs, de plus artistique que ce qui sort de cette manufacture, objet de la sollicitude de Louis XV !

MARIE. J'ai vu dans la géographie, Mademoiselle, que Limoges était aussi un grand centre de

Chefs-d'œuvre de la céramique, à la manufacture de Sèvres.

fabrication de porcelaines et de faïences; est-ce que la faïence est de la même matière que la porcelaine?

L'INSTITUTRICE. Elle est moins délicate, et celle des poteries communes est encore inférieure à celle-ci.

Voyez les vases qui contiennent des plantes sur ma fenêtre, ils ne sont qu'en argile.

Ouvrier étalant une feuille de verre.

MARTHE. C'est pour cela, sans doute, Mademoiselle, qu'ils ne brillent pas comme les autres poteries qui servent aux usages domestiques : celles-là sont si lisses, si luisantes, qu'on les croirait couvertes de vernis.

L'INSTITUTRICE. Et elles le sont, chère petite ! C'est par le vernis, appelé émail, que l'assiette que l'on vous donne à table a sa surface unie comme un miroir; c'est par plusieurs sortes d'émaux que celle du dessert a été peinte de la jolie guirlande de fleurs aux couleurs si fraîches et si nettes que vous admirez ; et de même pour tous les charmants objets que vend le faïencier.

MAURICE. Est-ce que l'émail s'est découvert tout seul comme le verre, Mademoiselle, ou s'il a fallu chercher sa composition ?

L'INSTITUTRICE. Au seizième siècle ce secret était depuis longtemps connu et employé en Italie, à Faenza, pour la poterie qui tire son nom de cette ville, la faïence ; mais on l'ignorait encore en France à cette époque : Bernard Palissy le trouva.

MAURICE. Bernard Palissy, surnommé l'inventeur des *rustiques figulines*?

L'INSTITUTRICE. Lui-même ! Ce fut ce verrier de la Saintonge qui, après quinze ans d'opiniâtres recherches, quinze ans de lutte incessante contre mille obstacles : reproches de sa femme, moqueries de ses voisins, privation de ressources, ayant brûlé jusqu'au toit de sa maison pour cuire ses poteries, vit enfin sa persévérance couronnée d'un succès complet.

Tout protestant qu'il fût, l'amie des arts, Catherine de Médicis, lui donna un asile au Louvre avec sa famille au temps des guerres de religion et le sauva ainsi du massacre de la Saint-Barthélemy. Il est vrai qu'il mourut à la Bastille.

MARTHE. Avec quoi, s'il vous plaît, Mademoiselle, fait-on les émaux des poteries ?

L'INSTITUTRICE. Comme les belles couleurs de leurs peintures la plupart de leurs vernis sont

Chefs-d'œuvre céramiques du musée de la manufacture de Sèvres.

tirés du règne minéral : plomb, cuivre, fer, feldspath, etc. ; le sel marin lui-même en est un excellent.

MAURICE et MARTHE. Le sel marin !

L'INSTITUTRICE. Vous voilà bien étonnés ! c'est ainsi pourtant et je m'explique :

Quand les poteries à vernir sont portées dans un four à une température très élevée, c'est-à-dire chauffées à blanc, on y jette du sel qui est, en partie, composé de soude. Le sel se fond sous l'action de la chaleur et sa soude, se déposant sur la matière argileuse en cuisson, s'y attache en y formant un enduit vitreux. C'est le vernis de toutes les poteries de grès.

MARTHE. C'est fort curieux vraiment, ce phénomène-là ; aucun de nous, j'en suis certaine, ne s'en fût douté, n'est-ce pas Marie ?

L'INSTITUTRICE. Ah ! Marie, vous êtes dépositaire du carnet qui contient l'inventaire de la cuisine. Voulez-vous avoir l'obligeance de me le donner, que nous l'examinions ? Sûrement l'article sel doit y être. Voyons : batterie, — combustibles, — éclairage, — allumettes, — épices, — sel... Le voilà ! Continuons de nous occuper de lui ; quoique le dernier nommé sur la liste, il a assez de mérites pour fixer tout particulièrement notre attention.

LE SEL

L'INSTITUTRICE. Le connaissez-vous, le sel, Marthe ?

MARTHE. Oh ! Mademoiselle, qui ne le connaît ! justement la salière est toujours placée à côté de moi à table et tantôt encore, à la cuisine, j'ai vu Justine en mettre une poignée dans son pot-au-feu.

L'INSTITUTRICE. Bien ! et où croyez-vous que l'on prend le sel ?

MARTHE. Je sais que l'eau de la mer en contient beaucoup et que celui-là s'appelle sel marin.

L'INSTITUTRICE. Savez-vous aussi comment on fait pour le retirer de cette eau ?.. Non ! eh bien, écoutez :

Sur les bords de l'Océan on creuse de grands bassins que l'on remplit avec de l'eau salée.

Sous l'action de la chaleur cette eau salée s'évapore peu à peu, laissant au fond du bassin une épaisse couche de sel mêlé à des matières terreuses. On enlève ce sel, on le lave et, pour le mieux épurer, on le fait dissoudre dans de l'eau douce.

Cette eau s'étant évaporée, le sel, de nouveau cristallisé et de couleur grisâtre, est concassé, mis dans des sacs et livré à la consommation. Les bassins où on le recueille s'appellent marais salants

Connaissez-vous une autre espèce de sel, vous, Maurice ?

Sur les bords de l'Océan on creuse de grands bassins...

MAURICE. J'ai lu qu'il y a un sel blanc qui se retire de la terre où, dans certaines contrées, il existe en immenses dépôts, mais je ne sais plus comment on l'appelle.

MARIE. C'est le sel gemme, n'est-ce pas, Mademoiselle, dont la France a d'abondantes mines dans l'Est ?

L'INSTITUTRICE. Oui, et c'est même de cette

production que les villes de Lons-le-Saunier, de Salins, dans le Jura, tirent leur nom ; mais les plus importantes mines de l'Europe sont celles de Wieliczka en Pologne.

MARTHE. Pourquoi donc, je vous prie, Mademoiselle, s'il arrive qu'à table un peu de vin tombe sur la nappe, couvre-t-on immédiatement de sel la partie tachée ?

L'INSTITUTRICE. Pour enlever la tache, parce que non seulement le sel a la propriété de vernir les poteries, mais encore celle de blanchir le linge.

MARIE. De blanchir le linge !

L'INSTITUTRICE. De blanchir le linge. Voici comment :

Le sel est un composé de deux corps : chlore et sodium (d'où vient *soude*) ; deux corps qui, séparément, sont d'énergiques poisons, et combinés sont indispensables à la santé.

Vous connaissez la soude ; le chlore sert au blanchiment des toiles ; de là l'efficacité du sel sur le linge, et les ménagères ne l'oublient pas au jour de la lessive.

MARTHE. C'est effrayant, Mademoiselle, de penser que le sel est formé de deux poisons !...

L'INSTITUTRICE. Soyez sans crainte, ma chérie : la nature, cet éternel chimiste, ne peut pas se tromper. Toutes les choses nécessaires à notre santé sont mesurées, pesées, combinées avec une telle précision qu'aucun effet nuisible, quand il n'y a pas excès dans leur consommation, n'est à redouter.

Le sel est compris dans ces choses ; c'est lui qui relève les aliments et, comme l'a prouvé la science, qui facilite leur digestion.

Aspect des mines de Wieliczka en Pologne.

MARIE. Est-ce que les animaux aussi mangent du sel, Mademoiselle? J'ai vu un jour une brebis qui en léchait dans la main de son berger.

MAURICE. Et moi aussi j'ai vu, de mes propres

yeux vu la fermière du Grand-Moulin en mêler à la nourriture de son étable et de sa bergerie, et je vous assure que tout son peuple ruminant paraissait se régaler beaucoup.

L'INSTITUTRICE. Le sel, mes enfants, est aussi utile à la santé des animaux qu'à celle des hommes ; sans lui on ne pourrait pas non plus conserver le beurre, les viandes, les poissons : hareng, morue, bœuf, porc, etc. ; et, comme c'est une substance dont on use énormément, il en existe énormément dans la nature.

Mais puisqu'on retire le sel gemme de l'intérieur de la terre, cela me fait penser à demander à Maurice comment s'appellent les corps arrachés ainsi des mines ou des carrières.

MAURICE. Ce sont des minéraux, Mademoiselle. J'ai pourtant cru bien longtemps que le fer, l'or, l'argent, etc., prenaient seuls ce nom.

L'INSTITUTRICE. C'était une erreur ; tous les corps bruts qui existent à l'intérieur ou à l'extérieur du globe sont des minéraux, parmi lesquels le sel est un des plus utiles.

MAURICE. Mais quelle est la différence, Mademoiselle, entre une mine et une carrière ?

L'INSTITUTRICE. Une mine est une excavation excessivement profonde d'où rayonnent, en s'étageant sous terre, les galeries en exploitation, tandis que dans la carrière les ouvriers travaillent toujours à ciel ouvert.

MARIE. Mademoiselle, n'est-ce pas à propos du sel que la gabelle existait autrefois en France ?

L'INSTITUTRICE. Précisément, et cette gabelle, impôt vexatoire, auquel personne ne pouvait se soustraire, fut cause de plusieurs soulèvements dans différentes provinces, jusqu'à ce qu'enfin la Révolution l'eût abolie.

Vue intérieure d'une mine.

On raconte que le roi Philippe VI de Valois ayant fait de nouvelles ordonnances concernant la gabelle fut, par moquerie, appelé par Édouard III, roi d'Angleterre, son ennemi, l'auteur de la loi *salique*.

LES MÉTAUX

MARTHE. Mademoiselle, il existe donc du fer rouge et du fer blanc? Je croyais qu'il n'y en avait que du gris; mais, excepté le fourneau et les marmites, pas un objet de la batterie de cuisine qui ait cette couleur : ils sont tous rouges ou blancs, et pourtant ils sont en fer.

L'INSTITUTRICE. D'abord, Marthe, qu'appelez-vous fer?

MARTHE. Une matière très dure, très solide, brillante, avec laquelle on fait des chemins de fer, des fils télégraphiques, des fusils, des clous, etc.

L'INSTITUTRICE. Très bien! et vos boucles d'oreilles, et cette pièce de un franc que voici, sont-elles aussi en fer?

Voyez, l'une est également blanche, les autres rouges.

MARTHE. Oh! non, Mademoiselle; mes boucles d'oreilles sont en or et le franc en argent.

L'INSTITUTRICE. De même que les objets rouges de la batterie sont en cuivre et les blancs en fer étamé.

Le fer, l'or, l'argent, le cuivre, l'étain, le plomb, etc., sont tous des minéraux solides particulièrement appelés métaux, et qui possèdent, dans

Un haut fourneau.

toutes leurs parties, un certain éclat dit métallique. Un seul métal est liquide, c'est le mercure.

Savez-vous, Marie, en quel état on extrait les métaux des mines?

Marie. Ils se trouvent mélangés avec toutes

sortes de matières terreuses; et, dans cet état, on les nomme minerais.

Ils sont disséminés en filons par tout le globe, mais principalement dans les montagnes.

MAURICE. C'est pour les débarrasser de ces corps étrangers qu'on les fait fondre dans de grands fours appelés hauts fourneaux, n'est-ce pas, Mademoiselle?

L'INSTITUTRICE. C'est cela. Lorsque le métal est en fusion, le fer par exemple, il est dirigé dans de petits canaux d'argile d'où on le retire refroidi, sous forme de barres de fonte.

La fonte de fer est très cassante; elle sert à fabriquer les fourneaux, les marmites, etc.

Il arrive qu'on fond ensemble, quelquefois, dans certaines proportions plusieurs métaux : ce mélange est un alliage; s'il y entre du mercure, c'est un amalgame.

MARTHE. Alliage! ce mot, Mademoiselle, me rappelle tout de suite nos monnaies : les pièces d'or et d'argent, où se trouve mêlée une quantité déterminée de cuivre, et celles de billon composées de trois métaux réunis : cuivre, étain et zinc.

L'INSTITUTRICE. Très bien, ma mignonne; souvenez-vous aussi que c'est par des alliages que se font : le bronze des statues, des cloches; vos épingles, les plumes avec lesquelles vous écrivez; c'est le fer, mêlé avec de la poussière de charbon, qui donne cet acier si brillant dont sont faits vos aiguilles, vos ciseaux, vos canifs, mille objets, même l'épée du soldat...

Maurice. Et le fer-blanc de sa gamelle, Mademoiselle, qu'est-ce que c'est ?

L'institutrice. C'est simplement du fer laminé, aplati en feuille très mince, recouverte d'une couche d'étain. Ce dernier métal a la propriété de ne point s'oxyder ou se rouiller au contact de l'humidité ou des corps gras ; aussi l'étend-on sur

L'étameur ambulant.

les autres métaux que l'on veut préserver de cette détérioration, principalement sur les ustensiles de cuivre de la cuisine, l'oxydation de ceux-ci formant un poison très violent, le vert-de-gris.

Savez-vous, Marie, par quelle opération s'étend l'étain sur un autre métal ?

Marie. Par l'étamage, Mademoiselle ; et je crois que ce sont les Éduens, anciens habitants d'une partie de l'Auvergne, qui l'ont inventé.

L'INSTITUTRICE. Oui, et leurs descendants excellent toujours dans cette industrie de la chaudronnerie; mais je voudrais bien, ma chère enfant, que vous m'apprissiez le lieu d'extraction des différents métaux dont nous nous sommes occupés.

MARIE. On trouve à peu près tous les métaux dans notre France; quelquefois en assez grande quantité, comme le plomb argentifère ou galène en Bretagne, plus souvent en légers filons qui ne peuvent être exploités, vu leur peu d'importance.

La Norwège a les fers les plus estimés; l'Espagne du beau cuivre; le Japon, l'Amérique, fournissent beaucoup d'or et d'argent.

L'INSTITUTRICE. Vous oubliez le précieux étain qui vient abondamment de Banca; le mercure dont l'Autriche-Hongrie a des mines très importantes et dans lesquelles sont occupés ses condamnés judiciaires à perpétuité : malheureux dont la santé ne résiste pas longtemps aux vapeurs délétères que ce métal dégage.

Savez-vous, Maurice, quelques-uns des usages du mercure ?

MAURICE. Je sais, Mademoiselle, qu'il sert pour la confection des baromètres et des thermomètres; mais voilà tout.

L'INSTITUTRICE. C'est vrai, le mercure est employé pour le thermomètre, indicateur des degrés de chaleur ou de froid, et le baromètre, qui note des variations de l'atmosphère; mais il sert encore pour le tain des glaces, etc.

MARTHE. Pour moi, Mademoiselle, rien n'égale

l'or : n'est-il pas le plus précieux de tous les métaux? Quels splendides bijoux il donne, celui-là !
quel charme magique s'attache à ses belles pièces
de monnaie !

L'INSTITUTRICE. Vous dites juste, ma chérie ;
l'or est le roi des métaux, le fascinateur par excellence, mais le plus précieux, non : c'est le fer.

N'est-ce pas celui-ci qui sert constamment, sous
un plus ou moins grand volume, dans tous les
besoins usuels? soc de la charrue, hache du bû-
cheron, aiguille de la lingère, locomotives, machines de toutes sortes, produits innombrables de
l'industrie, jusqu'à la richesse du sang de nos
veines : tout cela ne lui est-il pas dû?...

L'or est rare et, quoique très abondant dans la
nature, le fer est, je le répète, beaucoup plus
précieux.

MAURICE. Nous avons du fer dans notre sang ! Je
ne me serais jamais douté de cela, Mademoiselle.

L'INSTITUTRICE. Et de combien de choses, mon
petit homme, vous ne vous doutez pas ! par
exemple d'un autre métal qui se divise en fila-
ments aussi fins que la soie, qu'on peut filer,
tisser pour en faire des linges et qu'il faut, pour
blanchir ces linges, passer au feu !

Ce métal extraordinaire s'appelle amiante; il
est très commun dans les Alpes et, à cause de son
incombustibilité, les anciens, qui avaient la coutume de brûler leurs morts, l'employaient en
linceuls pour pouvoir facilement y recueillir leurs
cendres.

LES COMBUSTIBLES

MARTHE. Mademoiselle, les corps incombustibles sont, n'est-ce pas, ceux qui ne peuvent pas brûler?

L'INSTITUTRICE. Parfaitement; c'est l'opposé des combustibles, corps faciles à se consumer en dégageant de la chaleur et de la lumière.

Ceux-ci sont divisés en deux catégories : ceux qui servent à cuire les aliments et à chauffer nos appartements, et ceux qui les éclairent.

En connaissez-vous quelques-uns de la première catégorie, petite Marthe?

MARTHE. Je connais le bois, le charbon, la houille. Est-ce qu'il y en a d'autres, Mademoiselle?

L'INSTITUTRICE. Il y a encore la tourbe, espèce de terreau que l'on trouve dans les lieux marécageux et que l'on fait sécher pour pouvoir l'employer; le lignite, dont une variété est le jais avec lequel on fait des ornements : colliers, bracelets, garnitures, etc.

MAURICE. Et dont la couleur est proverbiale, puisqu'on dit toujours : noir comme du jais.

L'INSTITUTRICE. C'est vrai, quoique cette couleur soit généralement celle de tous les corps bitumineux : la houille est-elle assez noire, aussi ! déteint-elle assez sur tout ce qui la touche !

Savez-vous son origine, Marie ?

MARIE. Voici tout mon savoir sur elle, Mademoiselle :

La houille a été formée par la carbonisation lente d'énormes masses de végétaux, enfouis pendant les bouleversements primitifs du globe. On la trouve par conséquent à de très grandes profondeurs où certains blocs, même, ont gardé dans leur intérieur l'empreinte parfaite de gigantesques fougères, de branches ou de troncs d'arbres, etc.

L'INSTITUTRICE. C'est exact, et cette houille se retire par le moyen de puits auxquels correspondent des galeries souterraines, creusées par les ouvriers en enlevant le minéral ; celui-ci est ensuite monté à la surface du sol dans des bennes, avec le secours de machines très puissantes et très compliquées.

Pauvres mineurs ! quelquefois un gaz subtil, le *grisou,* s'enflamme subitement à leur lampe de travail, les foudroie et les carbonise dans un sépulcre de feu !...

Dites-moi, Maurice, dans quels pays on extrait la houille.

MAURICE. La France en possède plusieurs bassins importants dans les départements du Nord, de la Loire et du Gard ; mais l'Angleterre et la Belgique la surpassent pour ce produit.

L'INSTITUTRICE. C'est très vrai, et ce qui ne l'est pas moins c'est qu'en tous les lieux où ce combustible abonde l'industrie est considérable.

Devinez-vous pourquoi?... Parce que, étant l'aliment de toutes les machines à vapeur, on établit de préférence celles-ci près des gisements houillers pour qu'elles ne puissent craindre la diète; éviter longueurs de transport, frais, etc.

Voilà pourquoi l'Angleterre a des usines si importantes et si nombreuses!

Qui de vous va me dire les principaux usages de la houille?

MARTHE. Mademoiselle, dans le fourneau, elle cuit les aliments; dans les appartements, elle réchauffe.

J'aime beaucoup à la voir brûler dans la cheminée avec mille petites flammes bleues, rouges, violettes, vertes, et lançant tout à coup, parfois, des jets de vive lumière!

MAURICE. C'est elle aussi qui fait fondre les métaux dans les hauts fourneaux; produit, comme vous l'avez dit, Mademoiselle, le mouvement des machines...

MARIE. Donne le gaz d'éclairage.

MARTHE. Vrai! Mademoiselle, c'est la houille qui fournit le gaz des réverbères?

L'INSTITUTRICE. Très vrai, petite incrédule, et c'est un Français, Philippe Lebon, qui a fait cette découverte au commencement du siècle.

Quand on retire le gaz de la houille, celle-ci

devient dure, légère, semblable à une éponge et prend le nom de coke.

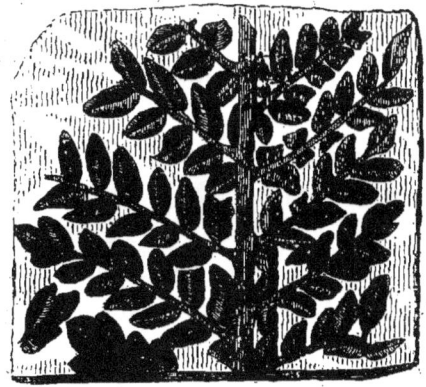

Végétaux de la houille.

Enfin! enfin! lorsqu'elle se présente à l'état de carbone pur, elle s'appelle diamant!

Marthe. Diamant? Je croyais qu'on appelait

11

ainsi seulement les petites pierres limpides qui servent de parure et qui brillent beaucoup quand la lumière les traverse, comme celle que maman porte à son doigt.

L'INSTITUTRICE. C'est précisément un diamant cela, et d'autant plus beau qu'il est parfaitement taillé ; opération très difficile parce que le diamant, étant le plus dur de tous les corps et les entamant tous, ne peut être entamé par aucun : il faut l'employer contre lui-même et l'user par sa propre poussière.

MAURICE. Qui donc a pu avoir l'idée de ce procédé, Mademoiselle ?

L'INSTITUTRICE. Ce fut un bijoutier flamand, Berquen, qui tailla le premier diamant et en fit hommage à Charles le Téméraire, dernier duc de Bourgogne.

A votre tour, mon petit ami, de me dire ce que c'est que le bois.

MAURICE. C'est la partie la plus dure, la plus solide des arbres : le tronc et les branches,

MARTHE. En ont-ils de gros troncs les platanes et les tilleuls qui ombragent la place publique ! Et les noyers bordant la grande route ! Ils sont vraiment monstrueux.

L'INSTITUTRICE. A quoi sert le noyer, Marthe ?

MARTHE. A produire des noix, Mademoiselle, fruit que j'aime beaucoup.

L'INSTITUTRICE. Il occupe surtout, chère petite, le menuisier et l'ébéniste qui le débitent et le transforment en meubles superbes.

Son bois dur, de couleur foncée, avec de belles veines brunes, formant mille dessins capricieux, est susceptible d'un beau poli.

Vue intérieure d'une usine à gaz.

Cette propriété appartient également au cerisier, au poirier, ses compatriotes à bois rouge ; à l'acajou, jaune rouge aussi, à la noire ébène, produits de l'Amérique, et qui, sous mille formes, satisfont à toutes les exigences d'un ameublement luxueux.

MAURICE. Ne fait-on pas aussi de beaux meubles avec le chêne, Mademoiselle?

L'INSTITUTRICE. Certainement, mais le chêne s'emploie surtout en architecture : il se prête aussi bien que les arbres précédents aux travaux délicats et artistiques et, étant plus dur encore, il résiste mieux à l'action du temps.

Le sapin, qui est une des richesses des pays du Nord, où il atteint souvent une hauteur étonnante, sert, dans la charpente, à faire les toits des maisons, les navires, les mâts élancés qui les dominent; le frêne, l'orme, sont la ressource de la carrosserie qui en confectionne les roues des véhicules, et c'est au svelte peuplier, dont la feuille babille au moindre vent, que vous devez le délicieux coffret dont votre mère vous fit présent à votre anniversaire.

MAURICE. Ah!... Et pourquoi le peuplier, Mademoiselle? Est-ce que le bois d'un autre arbre n'eût pas servi pour l'objet qui m'a fait tant de plaisir?

L'INSTITUTRICE. Certainement, le peuplier eût pu être remplacé; mais, comme il est excessivement léger, ses planches entrent dans tout ce qui ne demande pas une grande solidité, telles que les caisses des emballeurs, les boîtes à bonbons, etc.

D'ailleurs, mes enfants, tous les débris des arbres, tout ce qui ne peut être utilisé par le charpentier, le menuisier, le sabotier, etc., est jeté au feu pendant l'hiver pour nous chauffer. Eh! qui

ne connaît la bûche de Noël, cette bonne grosse
bûche mise en réserve tout exprès pour ce jour-
là ! Ne sait-on pas qu'elle est la discrète complice
de la main mystérieuse qui passe dans la nuit,

Les noix, fruit que j'aime beaucoup.

semant les surprises dans les petits souliers bien
rangés autour de la cheminée ?

Marie, voulez-vous nous présenter le charbon ?

MARIE. C'est simplement, Mademoiselle, le produit de la carbonisation du bois à l'abri de l'air.
Son emploi est très dangereux dans des appartements peu aérés, parce qu'il dégage des gaz qui
sont mortels.

L'INSTITUTRICE. Un docteur en Sorbonne n'eût pas mieux dit ! Maintenant, qui de vous va m'apprendre les usages du charbon?

MARTHE. Moi, moi ! Mademoiselle : il sert, dans le dessin, sous le nom de fusain.

L'INSTITUTRICE. Parce que c'est le nom de l'arbrisseau qui le fournit.

MAURICE. Il constitue l'acier en s'unissant au fer, et la poudre quand il est mélangé au soufre et au salpêtre. Oh! la poudre! en voilà un terrible agent de guerre et de chasse, sans compter les mines où sa force détache et soulève des montagnes entières !

MARIE. Moi, je lui connais des propriétés désinfectantes les plus incontestables. Ainsi, quand un corps, le bouillon, par exemple, a subi une altération sous l'influence de la chaleur, il suffit, pour la faire disparaître complètement, d'y jeter un morceau de charbon pendant l'ébullition.

L'INSTITUTRICE. Tout de bon, vous êtes savants, mes enfants! Quelles lumières, quelle chaleur dans vos réponses ! Allons, puisque les combustibles sont un sujet qui vous plaît, ne le quittons pas.

ÉCLAIRAGE

L'INSTITUTRICE. Marthe, dites-nous quels sont les corps employés pour l'éclairage.

MARTHE. Le gaz, les huiles, la bougie, la chandelle.

MAURICE. Un que tu oublies, petite sœur, le plus brillant de tous!... Tu ne trouves pas?... La lumière électrique!

L'INSTITUTRICE. Et vous faites de même, Maurice ; vous sautez des deux pieds par-dessus le pétrole et l'éclairage tout à fait primitif, celui qui n'a pas besoin d'apprêt : la branche de sapin tout enduite de sa résine.

MARTHE. Une branche de résine ! ce doit être un curieux luminaire !

L'INSTITUTRICE. Surtout très incommode à cause de l'odeur et de la fumée qu'il répand en abondance. Cependant les torches de résine furent, pendant un temps immémorial, avec des lampes alimentées par des huiles, parfumées quelquefois, les seuls flambeaux connus.

Où prend-on les huiles, Maurice ?

Maurice. On les retire de fruits ou de graines, Mademoiselle; la noix, la noisette, la faîne, l'amande, l'olive en donnent d'excellentes, et le colza, l'œillette, en grande quantité.

L'institutrice. C'est surtout l'huile des graines de ces plantes oléagineuses qui fournit la

La chandellerie.

lumière de la veillée, après qu'elle a été épurée, c'est-à-dire débarrassée des principes charbonneux donnant de la fumée. Celle des fruits est plus délicate; elle se vend pour la table, la parfumerie, etc.

La peinture se réserve surtout l'huile de lin, qui sèche très rapidement à l'air et que, pour cela, on appelle siccative; la médecine administre celles du ricin comme purgatif, du croton aux propriétés âcres et irritantes, une autre encore dont Marthe, chaque matin.... fait ses délices!...

MARTHE. Oh! Mademoiselle, mêler Marthe avec les huiles!... Il est vrai que je ne suis pas du tout friande de l'huile de foie de morue; mais, puisque papa me l'a ordonnée, j'obéis...

Il suffit de pratiquer sur leur tronc de profondes incisions.

L'INSTITUTRICE. Bien, bien, chère petite! et vous n'êtes pas seule à consommer de l'huile de poisson : les habitants des régions polaires l'emploient, eux, dans tous leurs besoins domestiques.

MARIE. Si le pétrole tachait les étoffes au lieu de les dégraisser, comme il en a la propriété, on pourrait le prendre aussi pour de l'huile, Mademoiselle; c'est un liquide si limpide!

L'INSTITUTRICE. Mais c'est de l'huile vraiment;

de l'huile minérale qui existe en sources souterraines très abondantes, surtout en Amérique.

C'est un nouveau venu dans le système éclai-
rant ; il a été mis tout de suite au premier rang
à cause de sa puissance lumineuse ; mais il y a
danger à le manier imprudemment.

Maurice. Tous les gaz sont aussi très dangereux, n'est-ce pas, Mademoiselle ? Ils s'enflam-
ment si rapidement !

Marthe. Et la lumière électrique, Mademoiselle, où la prend-on ?

L'institutrice. Oh ! pour celle-là, ma mignonne, c'est bien difficile à expliquer. C'est un
phénomène physique capté, pour ainsi dire, sur
d'ingénieuses combinaisons métalliques par des
savants infatigables ; mais ce mode d'éclairage,
qui subit sans cesse, comme toutes choses, de
nouveaux perfectionnements, n'est encore que
d'une application très rare.

Maurice, savez-vous faire une différence entre
une bougie et une chandelle ?

Maurice. Il n'y en a point pour la forme, Mademoiselle...

Marthe. Alors, pourquoi dit-on bougie, si ce
sont deux chandelles ?

Maurice. Je vais te l'expliquer, petit lutin !
écoute : la bougie est une préparation de cire
fondue et séchée autour d'une fine mèche de coton tressée, tandis que la chandelle n'est composée que de suif, enfermant une mèche grossière-
ment tordue.

L'INSTITUTRICE. C'est cela, et de plus la chandelle a une odeur très désagréable et fume en brûlant, inconvénients que ne possède pas la bougie, originaire, dit-on, d'Afrique, de la ville de Bougie, qui lui a donné son nom.

Savez-vous, Marthe, où se récolte la cire?

MARTHE. Dans les ruches des abeilles, Mademoiselle, où ces petites ouvrières l'ont amassée après l'avoir enlevée aux fleurs.

L'INSTITUTRICE. Certains arbres du nouveau monde en donnent aussi une grande quantité : il suffit de pratiquer sur leurs troncs de profondes incisions pour qu'il s'en écoule une gomme épaisse qui est la cire végétale. Le même procédé est employé pour retirer le caoutchouc, la térébenthine, des arbres qui les contiennent.

On trouve encore de la cire dans le suif ou graisse des animaux, et celle-là s'appelle stéarine.

MARIE. Oui, je me souviens, Mademoiselle; vous nous avez dit que dans le suif on trouvait la stéarine pour les bougies, la margarine, matière grasse pouvant remplacer le beurre, la glycérine et l'oléine, espèce d'huile pour les savons...

L'INSTITUTRICE. Tout en vous signalant Marseille pour la fabrication considérable de ce dernier produit, agent de la propreté.

LES ALLUMETTES

L'institutrice. Et avec quoi, s'il vous plaît, Marthe, allume-t-on une bougie ?

Marthe. Oh ! ce n'est pas malin à dire, Mademoiselle : avec une allumette.

L'institutrice. Précisément, une allumette ! un tout petit brin de bois, dont une extrémité, trempée d'abord dans du soufre pour être rendue plus inflammable, plongée ensuite dans un mélange de phosphore, de sable et de gomme, n'attend plus que le moindre frottement pour faire jaillir la lumière !

Et pourtant, si peu maligne que paraisse cette invention, elle est de date toute moderne. Des milliers de siècles avaient passé sur le monde sans apprendre à tirer du feu autrement que par le choc de deux corps durs dont on recueillait l'étincelle sur un corps inflammable. Aussi le moindre tison était-il précieusement conservé sous la cendre, dans les moments où le feu était inutile aux besoins domestiques.

Maurice. Qu'elle devait être difficile et ennuyeuse cette méthode-là ! c'était tout un attirail qu'il fallait promener dans ses poches ! Mais quels étaient les corps employés, Mademoiselle ?

L'INSTITUTRICE. C'était ordinairement un silex,

... sous le nom de feu follet effraye les ignorants.

pierre très compacte, appelée aussi *pierre à feu* ou *pierre à fusil*, que l'on frappait avec un morceau de fer pour enflammer de l'amadou : cette opération s'appelait *battre le briquet*.

MARIE. Moi, j'ai lu que certains peuples sauvages ne connaissaient, même aujourd'hui, d'autre moyen d'avoir du feu qu'en frottant très rapidement l'un contre l'autre deux morceaux de bois jusqu'à ce qu'ils soient enflammés.

MARTHE. Oh! quelle bonne idée d'avoir inventé les allumettes! seulement, Mademoiselle, j'aimerais bien savoir ce que c'est que le soufre et le phosphore.

L'INSTITUTRICE. Rien ne peut plus me faire de plaisir, ma chère, que lorsque vous cherchez à vous instruire; parlons donc de ce que vous désirez savoir, du soufre d'abord.

Vous connaissez bien sa couleur, vous, Maurice?

MAURICE. Il est jaune; quelquefois en poudre qu'on appelle fleur de soufre, d'autres fois en bâtons ou cristallisé comme du sucre candi.

L'INSTITUTRICE. C'est son portrait, mais vous eussiez dû, pour dernier coup de pinceau, révéler sa provenance et ses emplois. Marie, voudriez-vous combler la lacune?

MARIE. Le soufre se trouve fréquemment combiné avec des métaux, mais c'est surtout autour des volcans, où il forme une couche très épaisse appelée solfatare, que sont les plus riches exploitations de ce minéral. Hors la poudre, cependant, je ne sais pas ce qu'on en fait.

L'INSTITUTRICE. Il a une foule d'autres usages: le scellage du fer dans la pierre, le blanchiment de la paille, l'extinction des feux de cheminée; en médecine, on s'en sert pour combattre les affections de la peau, etc.

MARTHE. Est-ce que c'est le soufre, Mademoiselle, qui laisse une trace lumineuse sur le mur quand on y frotte une allumette?

L'INSTITUTRICE. Non, c'est le phosphore. Oh! celui-là est un violent poison! Il brûle dès qu'il est à l'air; aussi est-on obligé, pour le conserver, de le tenir dans l'eau.

MAURICE. Voilà ce qu'on peut appeler un corps original! Et d'où sort-il, Mademoiselle?

L'INSTITUTRICE. Certaines parties du corps des animaux en contiennent beaucoup; il s'en dégage lorsque ces matières sont en décomposition, et, se mêlant à un gaz de l'air, il brûle avec une flamme extrêmement légère, voltige au moindre souffle du vent et, sous le nom vulgaire de feu follet, effraye les ignorants qui l'aperçoivent le soir, dans l'obscurité.

MAURICE. Et comment a-t-on fait, Mademoiselle, pour le découvrir, ce phosphore?

L'INSTITUTRICE. Comme tant d'autres découvertes, celle-ci sortit aussi de la main du hasard.

A Hambourg, en Allemagne, un alchimiste poursuivait son rêve de faire de l'or et, à cet effet, était occupé à décomposer de l'urine dans un vase appelé cornue.

L'opération chimique terminée, au lieu du précieux métal qu'il espérait, que trouva-t-il au fond de sa cornue?... Le phosphore!

ÉPICES

L'INSTITUTRICE. Je ne vois plus sur notre carnet, mes enfants, que l'article *épices*.

Vraiment, nous avons bien fait de laisser, pour clore la liste de tant d'objets, saveur et parfum ; comme pour un bouquet ce sera le complément de notre petite gerbe d'explications.

Voyons, Marthe, qu'est-ce que les épices ?

MARTHE. Mademoiselle, c'est le poivre, la muscade, la cannelle, le girofle, la vanille, etc.

L'INSTITUTRICE. Vous dites leurs noms, chère amie, mais non ce qu'on en fait : on les met dans les aliments pour leur donner une saveur plus relevée avec le poivre ou délicatement parfumée avec la vanille.

Savez-vous, Maurice, où l'on prend ces ingrédients ?

MAURICE. Chez l'épicier ou marchand d'épices, qui en a plein sa boutique avec des sacs de riz, des ballots de café, des caisses de thé, des montagnes de sucre, de savon, de chandelle, etc.

L'INSTITUTRICE. Très bien, mon petit homme,

mais l'épicier ne récolte pas ces marchandises, il a fallu qu'il se les procurât; et où s'est-il adressé pour cela, Marie ?

MARIE. Ah ! pour cela, Mademoiselle, il lui a fallu mettre à contribution les quatre coins du globe; par exemple pour le poivre, Cuba ; Ceylan,

La noix muscade.   Le girofle.

pour la cannelle ; Sumatra, pour la muscade ; Java, pour le girofle ; Bornéo, pour la vanille...

L'INSTITUTRICE. A la bonne heure, vous n'avez pas besoin de quatre-vingts jours pour faire le tour de monde !

Mais votre frère, je suis sûre, ne veut pas vous laisser faire seule de telles pérégrinations : à son tour donc d'apporter le riz, le café, le thé et le sucre.

Marthe. Oh ! Mademoiselle, voulez-vous laisser le café pour moi ? Je connais si bien son pays !

L'institutrice. Si cela vous fait plaisir je le

Le riz.   Le thé.

veux bien, ma mignonne, et Maurice aussi ; il sera plus vite de retour.

Maurice. Me voilà donc parti pour aller tout droit en Chine m'approvisionner de riz, parce que, quoique cette graminée soit cultivée dans les cinq parties du monde, c'est dans cette contrée de l'Asie, ainsi que dans le pays voisin, le Japon, qu'elle est en plus grande abondance. Je ne quittérai pas non plus le Céleste Empire sans m'être amplement fourni de son thé, le plus estimé du globe.

L'INSTITUTRICE. Oui, le thé que l'on prend, chez nous, pour faciliter la digestion, et qui fait la boisson par excellence des Anglais et des Hollandais.

Préparation du thé.

Savez-vous ce que c'est que le thé? en avez-vous vu?

MAURICE. Oui, Mademoiselle; ce sont les feuilles d'un arbrisseau préparées, grillées, séchées, et qui paraissent alors à l'œil comme de petites graines noirâtres, toutes racornies.

L'INSTITUTRICE. Bon! et le sucre, où le prendrez-vous?

MAURICE. Cela dépend, Mademoiselle; si c'est

du sucre de betterave, la France en fournit beaucoup, dans le Nord surtout; si c'est celui de
canne, je le prendrai dans les Antilles.

L'INSTITUTRICE. Je préfère celui de canne pour
que Marie me parle de cette plante.

MARIE. Mademoiselle, c'est une espèce de ro-
seau cultivé dans les pays très chauds.

En l'écrasant elle donne, abondamment, un jus
mielleux appelé *vezou*. Quand il est cuit, ce vezou, de couleur jaunâtre, se cristallise et arrive
en Europe sous le nom de cassonade.

L'INSTITUTRICE. Fort bien! Une fois là, les raf-
fineurs s'en emparent, le font recuire, le clari-
fient, le décolorent en le faisant passer sur du
charbon animal, qui n'est autre chose que des os
calcinés et pulvérisés, le versent ensuite dans des
moules coniques, d'où on le retire enfin sucre
de commerce.

MARTHE. Qui est-ce qui a eu la bonne idée de
retirer le sucre des végétaux, Mademoiselle?

L'INSTITUTRICE. Je l'ignore tout autant que
vous, ma chère amie, et quoique ce produit industriel date de plusieurs siècles, son usage ne s'est
généralisé que depuis un petit nombre d'années
par la modicité de son prix : autrefois celui-ci
était si élevé qu'un demi-kilogramme de sucre
n'était qu'un luxe permis aux privilégiés de la
fortune.

MARIE. Alors, que mettait-on, pour le remplacer, dans les tisanes des pauvres malades qui
n'avaient pas les moyens de s'en procurer?

L'INSTITUTRICE. On y mettait du miel, de ce bon miel que les abeilles vont puiser dans le calice des fleurs pour l'emmagasiner dans leurs ruches, les premières usines à sucre de l'univers !

Dites-moi, Maurice, ne fait-on pas aussi une liqueur avec le vezou fermenté ?

MAURICE. Une liqueur très forte même, Mademoiselle, le rhum ; et papa m'a dit que le meilleur était celui de la Jamaïque.

La raffinerie.

L'INSTITUTRICE. Je vous félicite sur votre excellente expédition, mon cher marin ; maintenant jetez l'ancre et passez la parole à notre pétillant lutin.

Au café, Marthe ! au café ! vite, dites-nous tout ce que vous en savez.

MARTHE. Oh ! j'en sais bien long, Mademoiselle ; vous allez voir !...

Le café se trouve dans le fruit du caféier, arbrisseau originaire d'Asie. C'est le noyau d'une petite cerise rouge brun, d'où on le retire lorsqu'elle est mûre. Quand ce noyau a été préparé et qu'il est sec, on l'emballe pour l'épicier, qui n'a plus qu'à le faire griller sur le feu pour le vendre à ses clients.

Le meilleur café est le café de Moka, avec celui de deux colonies de la France : les îles de la Réunion et de la Martinique.

L'INSTITUTRICE. Bravo! petite Marthe! voilà le café décrit de main de maître.

Que j'embrasse ce jeune front qui recèle déjà tant de choses!

MARTHE. Je sais encore, Mademoiselle, qui a découvert le café.

L'INSTITUTRICE. Vraiment! hâtez-vous donc de nous l'apprendre.

MARTHE. Ce fut... une chèvre! Cet animal, après avoir brouté les fruits ou l'écorce du caféier, se mit à faire des bonds, des sauts, des cabrioles dont son berger était très étonné. Il se préoccupa de la cause qui avait pu produire un tel effet; il surveilla sa biquette et la vit recommencer son même manège et ses gambades, dès qu'elle eut goûté de nouveau à un certain petit arbrisseau à belles fleurs odorantes et à fruits rouges.

Le cas fut communiqué à des savants, qui trouvèrent que les grains de ces fruits étaient le café et qu'ils possédaient une vertu tonique et excitante.

L'INSTITUTRICE. Quelle heureuse mémoire vous

avez, ma chérie, et combien vous seriez coupable
de lui faire faire la paresseuse !

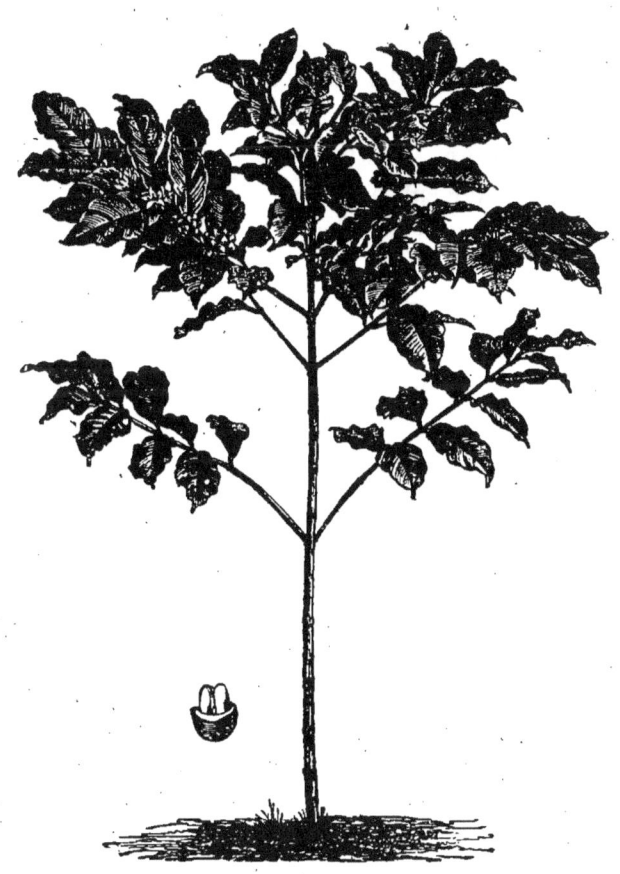

Le caféier.

Mais, dites-moi, où vous avez appris les détails
que vous venez de nous donner si correctement?

MARTHE. Je les ai lus dans les *Voyages et Découvertes*, Mademoiselle.

Il m'intéresse beaucoup ce livre-là, car il laisse toujours quelque chose utile gravée dans mon esprit, tandis que les histoires, je les aime beaucoup, mais je les oublie vite.

L'INSTITUTRICE. Eh bien ! puisqu'il en est ainsi, je veux compléter vos connaissances sur le café en vous racontant quand la France a planté chez elle son premier caféier.

C'était au temps de Louis XIV ; ce prince venait de terminer une guerre avec la Hollande en signant le traité de Nimègue, et les Hollandais, alors seuls possesseurs en Europe du caféier, lui firent présent de deux plants de cet arbuste, élevés dans les serres d'Amsterdam.

Le roi chargea aussitôt le chevalier Declieux d'aller les transplanter à la Réunion. Pendant la traversée l'eau vint à manquer sur le navire qui les portait ; et, quoique Declieux partageât sa ration avec ses deux pupilles, l'un d'eux périt ; l'autre prospéra si bien, sous le ciel des tropiques, qu'il devint le père de tous ceux de son espèce dans l'île.

MAURICE. Mais comment se faisait-il qu'en pleine mer l'eau manquât sur le navire de Declieux ?

L'INSTITUTRICE. Parce que, à cette époque, on ne connaissait pas encore la manière de rendre l'eau de la mer potable par la distillation, et que tout vaisseau en partance se chargeait d'une provision d'eau douce pour les besoins de sa route.

Ah ! les pauvres passagers, mourant de soif,

Declieux partageait sa ration avec ses deux pupilles.

auraient béni la pluie si elle leur fût tombée abondante comme celle qui tombe encore et dont nous tous, au contraire, avons été si contrariés !

MARIE. Au premier moment, oui, Mademoiselle ; mais cette pluie a été une contrariété bienfaisante.

Sans elle la terre eût-elle été arrosée et eussions-nous eu l'après-midi délicieuse que vous nous donnez? La plus belle promenade, j'en suis convaincue, n'eût pu l'égaler.

MAURICE et MARTHE. Oh ! la cloche du dîner !... Déjà !...

L'INSTITUTRICE. Voilà des exclamations qui, jointes à ce que vous me dites, ma chère Marie, flattent bien doucement mon cœur et mon amour-propre.

Mon désir était de vous rendre quelques heures moins longues : vous les avez trouvées agréables, tant mieux que mon intention soit dépassée ; j'en suis très satisfaite et vous remercie moi-même, mes enfants, de votre attention soutenue ainsi que de vos excellentes réponses.

Hâtons-nous d'aller où l'on nous appelle : car, pour toute chose, en toute circonstance, il n'est jamais permis de se faire attendre; les personnes mal élevées, seules, ignorent cet adage :

L'exactitude est la politesse des rois.

TABLE DES MATIÈRES

Pages

Déception.. 1
La maison 4
Le vestibule... 25
La cuisine... 29
Les aliments... 31
L'office 38
La salle à manger...................................... 47
La lingerie.. 57
La bibliothèque.. 69
Littérature. — Poésie.................................. 79
Prose.. 85
Le salon 101
La chambre à coucher................................... 117
L'heure.. 125
Le verre, les poteries................................. 130
Le sel... 146
Les métaux 152
Les combustibles....................................... 158
Éclairage.. 167
Les allumettes... 172
Épices 176

SOCIÉTÉ ANONYME D'IMPRIMERIE DE VILLEFRANCHE-DE-ROUERGUE
Jules Bardoux, directeur.

www.ingramcontent.com/pod-product-compliance
Lightning Source LLC
Chambersburg PA
CBHW051830020726
47502CB00005B/1716